Harpie

Megan Hunter

Harpie

Traduit de l'anglais (Royaume-Uni)
par Cécile Roche

GLOBE

11, rue de Sèvres, Paris 6e

Titre de l'édition originale :
The Harpy
(Picador, Londres)

Dépôt légal : avril 2021

ISBN : 978-2-211-31169-4

Pour Emma

Qui ne s'est pas, surprise et horrifiée par le remue-ménage fantastique de ses pulsions (car on lui a fait croire qu'une femme bien réglée, normale, est d'un calme... divin), accusée d'être monstrueuse ?

Hélène Cixous, *Le Rire de la Méduse*

Volatiles au visage de vierges, déjections immondes de leur ventre, mains crochues, teint toujours blême de faim.

Virgile, *L'Énéide*

C'est la dernière fois. Il s'allonge, il fait nuit, chaud – il a relevé son tee-shirt, détourné la tête. C'est une soirée semblable à celles qui, autrefois, faisaient monter en moi une furieuse envie de m'élancer à travers le ciel – de celles qui donnent envie de croire qu'il ne fera plus jamais noir.

Les voisins ont sorti leurs barbecues : un fumet de viande – délicieusement réconfortant – lui caresse le visage. En bas, nos enfants sont au lit, les heures passent au fil des rêves, derrière les portes closes, à l'abri des lueurs tardives occultées par les rideaux.

Nous sommes convenus d'une légère entaille, en haut de sa cuisse, qu'il pourra cacher sous un jean, une chemise. Là où la chair est épaisse, l'ossature solide, la peau imberbe ou presque. Du velours – en attente.

Jake n'est pas une petite nature : à peine s'il a l'air d'un homme sur le point de se faire tatouer. Ses cheveux sont un peu trop longs, des mèches ondulent sur sa nuque. Il a fermé les yeux : paupières closes sans pour autant être scellées, comme l'enfant averti fait semblant de dormir.

*

* *

De collègues, ils sont devenus amis et, au départ, je ne me suis doutée de rien. C'étaient des e-mails fleuves, quelques coups d'œil discrets sur son téléphone, des apparitions. La blancheur immaculée d'une notification qui éclaire l'obscurité. Certains soirs, impossible de regarder la télé, au motif qu'elle appelait. D'autres soirs où j'allais me coucher tôt – notre lit rien que pour moi seule.

Si je m'aventurais hors des draps – pour aller chercher un truc ou éteindre une lampe –, je l'entendais parler d'une voix différente. Pas une voix romantique, ou douce, juste une voix de façade. Sa *voix d'extérieur*, celle qu'il utilisait avec le facteur, les vendeurs dans les magasins, les collègues. Je me disais que c'était de bon augure.

*

* *

Je soulève le rasoir – je l'ai désinfecté, soigneusement, en suivant des instructions sur YouTube – et je l'applique contre sa peau. J'appuie dessus, très délicatement, puis avec un peu plus de vigueur.

*

* *

Quand on s'est rencontrés, c'est l'une des premières choses que j'ai remarquées, chez Jake : sa peau. Une peau digne d'un éphèbe – après tout, c'était ce qu'il était –, un adonis biberonné au lactose, élevé dans la philosophie du confort. Qui portait des caleçons trop grands pour lui ; qui dormait sur le côté, sans faire de bruit. Une frimousse pareille à celle d'un ange, auréolée de boucles blondes. Ourlée de blond, jusqu'à la pointe des cils – il arrivait même que des larmes s'y retrouvent prises au piège, quand on se disputait. Sa peau, sur son ventre, était aussi lisse et douce que celle d'une femme. La première fois qu'on avait couché ensemble, j'avais déposé un baiser juste là.

*

* *

Un soir, tard dans la nuit, adossée au frigo, en pyjama, je l'ai confronté.

Tu veux coucher avec elle ? je lui ai demandé. *Autant qu'on mette les choses au clair, toi et moi.*

Il a éclaté de rire. *Si seulement tu la connaissais*, qu'il a répondu. *Elle est* – il s'est interrompu, comme si un silence suffisait à expliquer son manque de sex-appeal, son âge avancé, l'aigreur de son souffle.

Elle est mariée, a-t-il finalement conclu. Il s'est tourné vers moi ; j'ai vu dans son regard une étincelle de bienveillance. Mais nous avons gardé nos distances.

*

* *

Je relève le rasoir, une goutte de sang s'échappe – comme à la pointe du fuseau – et pourlèche la lame argentée. Des couleurs si vives, d'un éclat tel que je n'en ai jamais vu : criardes, primaires, enfantines, cette peau blanche sur ce tee-shirt bleu marine, et ce rouge écarlate, qui ruisselle, implorant. Lui garde le silence.

PREMIÈRE PARTIE

Me croirait-on si je disais que je n'ai jamais été de nature violente ? Jamais je n'ai tenu, dans le creux de mon coude, un animal encore gesticulant pour lui rompre le cou. Jamais je ne me suis identifiée à ces femmes rêvant d'étouffer leurs enfants lorsqu'ils n'ont pas été sages, celles pour qui cette pensée galope en tête, comme des chevaux cavalant dans une course folle.

Je n'ai jamais empoigné un homme de force, main glissée dans le pantalon, dans l'espoir que jaillisse une preuve d'amour. Très peu pour moi.

Enfant, déjà, je me rappelle avoir ressenti le goutte-à-goutte insidieux de la culpabilité, quand je faisais chavirer un insecte sous mon index, et puis un autre, pattes en l'air, et encore un autre, en un battement d'ailes. C'était l'univers tout entier qui basculait sous mes yeux, la vie réduite au néant – en un claquement de doigts, comme le dit l'expression. Je voyais bien de quoi mon doigt était capable, et je lui ôtais aussitôt son pouvoir.

1

C'est arrivé un vendredi, le tempo des garçons commençait à ralentir en cette fin de semaine ; de mon côté, je m'efforçais de maintenir un rythme de vie régulier pour eux, un point de repère sur cette partition immuable. Fidèle au poste. Je suis allée les chercher à l'école – j'ai distribué goûters à la volée, épongé quelques bribes de leur journée comme je faisais disparaître par magie les papiers de bonbon qui traînaient. Presque le cœur de l'hiver, déjà : coucher de soleil sur le chemin du retour, le crépuscule tombait, à contre-jour, sur le terrain de jeux derrière la maison. Les oiseaux s'envolaient au loin, comme s'ils cherchaient à nous fuir – ébauches en demi-teinte sur fond polychrome.

À cette période de l'année, j'entendais toujours les oies sauvages cagnarder, quand elles survolaient notre toit ; j'avais l'impression de vivre au milieu d'un marécage plutôt qu'à la périphérie d'une petite ville bourgeoise. Je n'avais qu'à fermer les yeux pour que les sensations émergent, les eaux vertes et visqueuses qui exsudaient du ventre de la terre, suintantes au travers de ma peau.

Si jamais on me perce à jour, je sais très bien quelle conclusion on pourra en tirer : que je suis quelqu'un d'horrible. Une femme mauvaise, et l'autre – qui en viendrait à cette conclusion – quelqu'un de bien. Une personne gentille, généreuse, agréable. Séduisante, qui sent bon. Cette personne – une femme, si ça se trouve – ne ferait jamais ce que j'ai fait, moi. Elle ne s'en donnerait même pas la peine.

2

Les garçons étaient d'humeur joyeuse ce jour-là. Ils m'avaient épargné leurs chamailleries, leurs gamineries tapageuses, à plat ventre sur le bitume.

Quand ils étaient plus jeunes, il fallait toujours que je les ramasse sur le trottoir, quitte à rallonger encore la durée de notre trajet d'une minute, d'une heure supplémentaire. Imaginer une semaine entière à rester coincée là avec eux. L'aîné, Paddy, ne s'était pas remis de la naissance de son frère et, tout petit, ses accès de colère étaient mon lot quotidien, à tel point qu'il avait fini par me laisser croire que cette phase durerait éternellement.

Peu de temps avant ma découverte, je m'étais laissé gagner par cette impression : les enfants étaient des créatures monstrueuses que j'avais libérées d'une cage. Tout à coup, c'étaient des êtres libres, agiles, qui m'encerclaient : j'étais cernée. Paddy, surtout, faisait preuve d'une tranquillité intérieure inédite, que j'avais fini par reconnaître comme le signe de son individualité ; il me faisait part de réflexions opaques, embryons d'idées mystérieuses ; il tirait des plans sur une comète dont je ne saurais jamais rien.

Cet après-midi-là, il faisait preuve d'une exceptionnelle gentillesse envers son petit frère, d'une telle délicatesse que c'en était un soulagement, une bénédiction ; et Ted était tout à fait disposé à profiter de ces auspices favorables, tant que son frère était enclin à se montrer sous son meilleur jour, d'une clarté presque mystique, comme un rayon de soleil touchant le fond d'un bassin limpide. Tous deux ramassaient des bâtons, des pommes de pin ; Ted avait enroulé le bas de son pull pour placer son butin dans le repli du tissu, ses petits doigts tout rosis par le froid.

Mettez vos gants ! Au bout de sept ans, ces ritournelles avaient depuis longtemps perdu de leur sens, mais je ne les avais pas abandonnées pour autant. Je trouvais bizarre de devoir surveiller les enfants jusque dans leur potentiel inconfort, plutôt que d'accepter simplement leur indifférence, voire leur appréciation – qui sait – à l'égard de cette sensation : avoir un glaçon à la place des mains, engourdies, pleines de fourmis.

En passant devant l'aire de jeux, le soleil nous baignait de ses dernières lueurs, il était si bas qu'on pouvait presque y planter le regard sans crainte. Je sentis Ted se cramponner à moi. Une boule de feu, si près de chez nous – c'était terrifiant, à bien y regarder.

Depuis quelques années, j'en étais venue à considérer notre maison comme une amie intime, une proche confidente qui m'accueillait toujours à bras ouverts – un espace où s'étaient volatilisées tant d'heures de mon existence que tout mon être en saturait les murs, en infusait chacune des couches de peinture. Je pouvais parfaitement imaginer le clin d'œil qu'elle lancerait à notre approche, depuis l'une des fenêtres mi-closes ; puis les commissures de ses lèvres jointes, discrètes, rectilignes, à l'embrasure de la porte côté jardin. J'avais beau y avoir déjà passé la journée, il me tardait de revenir entre ses bras ; de sentir la chaleur paisible, automatisée, du chauffage central, la présence assurée de ses murs.

Le seuil franchi, le soleil éclipsait déjà sa lumière orangée dans les recoins du plafond, derrière les rideaux, comme s'il avait déclaré forfait. Les garçons se sont effondrés sur le canapé, leurs mains déjà tendues vers la télécommande. Je me suis toujours montrée très permissive envers la télévision ; impossible de savoir comment j'aurais survécu autrement, sans pouvoir dissocier leurs pensées puériles des miennes, comme des pièces de puzzle qu'on rangerait dans une boîte. Du temps où Ted était encore bébé et que Paddy faisait ses premiers pas, l'après-midi, je laissais la télé allumée pendant des heures, au rythme des jingles publicitaires que j'intégrais à celui de mon pouls, comme d'autres pulsations personnelles. Des années après, quand j'entendais la musique des émissions pour enfants que Paddy aimait bien regarder à l'époque, le souvenir me faisait froid dans le dos. *Espèce de mauvaise mère*, chantaient à tue-tête les ouistitis bavards et les girafes violettes. *Tu as tout, tout, toouuuuut foiré.*

Paddy ne rechignait jamais à regarder la télé, dans le calme et la sérénité – sans finir par s'ennuyer ou détourner son attention. Au tout début, cette fâcheuse habitude m'avait permis d'allaiter Ted à mon rythme, de lui accorder de longues sessions comme en réclament les nouveau-nés, pour téter et téter encore, tous trois bercés par la succion régulière de sa petite bouche, Paddy s'abreuvant du petit écran, sa poitrine se soulevant lentement à mes côtés.

Désormais, quand l'école était finie, je faisais la serveuse tous les après-midi. Ça ne me dérangeait pas. Peut-être cela me rappelait-il l'époque où j'étais moi-même serveuse – barista, et serpillière aussi – pour de vrai, pour de l'argent. Ces tâches me plaisaient, elles étaient simples, et elles m'épuisaient tellement que j'en devenais transparente, complètement ouverte au monde. La fatigue n'avait pas la même saveur, quand personne n'attendait rien de moi ; et quel plaisir, après le travail, de se laisser glisser sur une banquette en cuir, avec les collègues, au pub. De boire tant et tant que tout devenait flou.

Je préparais le goûter des garçons en me servant de ce que j'avais appris à l'époque – aligner les tranches de pain de mie sur le comptoir, étaler le beurre d'un seul geste. Je me souviens de mon ancien patron, à la sandwicherie, qui m'expliquait comment la couche de beurre formait une barrière, de sorte que la garniture ne coule pas. Ces patrons toujours hyper stressés, et moi qui flottais, imperméable à leurs émotions, le visage impassible, la flemme. Servir mes sandwichs aux garçons sur le canapé était à peu près semblable ; même si Jake me répétait constamment que c'était une mauvaise idée, ce quatre-heures devant la télé, que ça finirait par attirer les bestioles. Et il avait raison : j'entendais gratter derrière les murs, sous le plancher, depuis un petit moment, sans jamais comprendre d'où le bruit venait. Alors je dépliais des torchons sur les genoux des garçons avant d'y déposer leur goûter – surtout, n'allez pas mettre des miettes partout.

Je m'apprêtais à retourner dans la cuisine quand mon téléphone s'est mis à sonner. Une sorte de bêlement sourd, facile à ignorer. Pourtant, je me suis précipitée dessus : un sentiment d'urgence, Jake, quel train avait-il bien pu prendre ? Le scénario catastrophe était devenu une habitude – le train de 19 h 15, des enfants déjà couchés, son dîner prêt à réchauffer au micro-ondes, la maison et moi toute seule, ici, à l'attendre. Mais je croisais toujours les doigts pour que ce soit le train de 17 h 45, sa débauche d'énergie, bienvenue, celle qu'on ne rapporte que du dehors, pile au moment où je faisais couler le bain ou qu'il fallait lancer le lave-vaisselle. *C'est Papa le marchand de sable !* je lançais aux garçons avec un grand sourire, en entendant le claquement caractéristique de la porte d'entrée – et leurs joues rebondissaient de joie.

Je dis que je pensais à Jake et à son train quand la sonnerie du téléphone a retenti, mais il est possible que ce ne soit qu'un commentaire de ma part ajouté *a posteriori*, en contraste avec ce qui a suivi. Car j'avais manqué l'appel, comme si l'appareil n'avait pas sonné assez longtemps. Juste le temps de voir un numéro inconnu s'afficher sur l'écran. Voir une série de chiffres plutôt qu'un nom produit toujours un effet repoussoir chez moi, m'attendant à ce qu'on me demande un service ou de l'argent. J'ai reposé le téléphone, écran côté comptoir, ouvert le frigo pour attraper un morceau de poulet emballé sous vide, allumé le four. Puis le même accord aigu, chevrotant, a repris de plus belle ; le téléphone était désormais à portée de main, impossible de faire comme si je ne l'avais pas entendu. Je l'ai retourné, j'ai vu que c'était ma messagerie vocale, alors je l'ai approché de mon oreille.

On y vient, à ce dernier instant. Les enfants regardent la télévision. Le soleil s'est couché, le jardin n'est plus qu'un rectangle noir derrière la porte vitrée. Je me vois au travers : c'est elle que je vois.

Elle décroche – le four est en marche, rétroéclairé comme la scène d'un théâtre ; dans l'air, une onde de chaleur diffuse. Le téléphone est contre l'oreille. Rien qu'elle ne sache encore. Rien qu'elle n'ait su, déjà. Pas une ride, la peau de son visage est claire et nette : elle n'a que la trentaine, après tout. On ne peut pas dire qu'elle soit belle, ou qu'elle ait quoi que ce soit d'exceptionnel. Elle possède en revanche une chose : son absence de savoir qui, à partir de cet instant, lui appartient à tout jamais – rien qu'à elle.

3

Après le bip, je n'ai d'abord rien entendu, puis une profonde inspiration, de celles qui précèdent souvent un soupir. Les mots sont venus ensuite, et c'étaient moins des mots que des broyeurs de particules, une expérience de laboratoire susceptible d'altérer la composition de l'univers tout entier – le poulet sous cellophane que je tenais dans la main, la cuisinière, la radio, l'évier.

David Holmes à l'appareil, je suis le mari de Vanessa Holmes. J'ai pensé que vous devriez savoir que –

Et là, la langue qui se rétracte, ou la gorge qui se serre, sonorité trop gutturale pour la percevoir distinctement par téléphone – remous intérieurs liquides d'un corps étranger.

Votre mari – Jake, Jake Stevenson –, il couche avec ma femme. C'est la vérité, j'ai appris ça aujourd'hui. J'ai pensé que vous devriez le savoir.

Il l'a répété deux fois : *J'ai pensé que vous devriez le savoir.* La façon dont il a prononcé cette phrase – les mots, même écorchés, cette voix suspendue, semblable à celle d'un adolescent, tantôt haut perchée, tantôt grave et profonde – lourde de sens. Des mots pesés, soupesés, comme s'il savait que l'ignorance, dans un couple, n'avait pas droit de cité. Il avait pris soin de se référer aux noms propres, pour chaque partie prenante. Une manière d'officialiser les choses. Il me semblait entendre un prof, au ton sérieux de sa voix. J'ai toujours eu un faible pour ces précepteurs de sagesse, boire leurs paroles savantes. À une époque, j'étais même passée maîtresse dans l'art de les tenir pour parole d'évangile.

Alors à ces mots, mon premier réflexe a été de hocher la tête, un hochement furtif, et de reposer aussitôt le poulet sur le comptoir.

4

J'ai imaginé comment réagirait une femme dans un film, à l'annonce d'une telle nouvelle. Elle serait secouée de tremblements : j'ai tendu la main, pour vérifier. Mais j'ai toujours eu la tremblote. Alors j'ai observé mes doigts, leurs soubresauts distincts, petits asticots tressaillant sous les spots de la cuisine.

La télé ronronnait toujours dans la pièce voisine, à la même fréquence. Enfant, quelle n'avait pas été ma déception de comprendre que la télévision ne me mettrait à l'abri de rien, moi qui l'avais considérée comme une présence douée d'intelligence, capable de percevoir le danger. Jusqu'au jour où je suis tombée sur la reconstitution d'une scène de crime : à l'écran, une femme gisant sur son canapé, sans que le téléviseur ne cesse pour autant de bourdonner à ses oreilles assassinées.

S'il te plaît, maman, tu peux m'apporter à boire ? Nous avions appris aux enfants à dire « s'il te plaît », plutôt que de mettre à leur disposition, à hauteur accessible, une cruche en plastique remplie d'eau, qui leur aurait appris à se servir eux-mêmes. Nous ne l'avions pas fait, et pourtant nous les tenions pour responsables, nous échangions des soupirs entendus entre parents chaque fois qu'ils nous appelaient, nous, leurs dévoués serviteurs.

Quand j'étais seule à la maison, il m'était plus facile d'être leur bonne, de suivre à corps perdu cette chorégraphie si particulière du placard à l'évier, de l'évier au couloir jusqu'à leurs mines assoiffées. Les gens déplorent que les femmes finissent par s'oublier elles-mêmes lorsqu'elles deviennent mères, mais que ne fait-on pas dans le seul but de se perdre ? Les aspects pratiques de la chose ne m'avaient jamais posé problème : les corvées à merci, les travaux manuels.

J'ai commencé à préparer le dîner. Ma palette culinaire était restreinte, je m'en tenais généralement aux basiques. J'avais toute une étagère remplie de livres de cuisine, comme la plupart des gens, et il m'arrivait d'y piocher des recettes, de temps en temps – un élan bien intentionné, après le Nouvel An, ou l'envie soudaine d'un plat qui m'était venu en rêve. Mais la simplicité de ces recettes ne suffisait pas pour autant à les inscrire au menu hebdomadaire. Contrairement au blanc de poulet, coupé en tranches, des aiguillettes trempées dans un bol, mélange d'épices et de farine. Le seul fait d'assaisonner la farine me semblait suffisamment élaboré ; je saupoudrais sel et poivre sur la poudre blanche, et le goût du poulet en était miraculeusement changé. L'art culinaire demeurait pour moi un mystère, l'art de composer avec l'invisible.

En détaillant le poulet, j'ai remarqué qu'il avait changé d'aspect, les fibres musculaires s'étaient raidies, la chair plus granuleuse, sa surface lisse, à vif, presque opalescente. *Je suis le dindon cocu de la farce*, me suis-je dit, comme si ces mots étaient susceptibles d'altérer la réalité. Puis je les ai répétés tout haut, je voulais goûter la formulation sur ma langue, transmuter sa sonorité particulière entre mes lèvres. J'ai prononcé son nom.

Vanessa. Les premières fois qu'on s'était croisées : son éclat de rire, à notre fête de Noël annuelle. Une poignée de main molle, lors d'une soirée entre collègues et, plus tard : ce dos droit, ces mêmes mains qui applaudissent à tout rompre. Une veste de costume impeccablement ajustée, cheveux lissés derrière les oreilles. Où achetait-elle ses vestes ? Sans doute quelqu'un d'autre devait-il faire son shopping pour elle ; j'imaginais un *personal shopper* lui présenter toute une série de vestes quasiment identiques, alignées sur leurs cintres, lui décrire leurs subtiles nuances au niveau de la coupe. *Vanessa Holmes.* Œil circonspect surmonté d'un accent circonflexe, parfaitement dessiné, une fine virgule, telle la queue d'une souris.

J'avais l'estomac tout retourné, en fait. Je m'en suis rendu compte comme on s'apercevrait qu'un livre est tombé de l'étagère : de façon objective, avec un certain recul. Pour l'accouchement de Paddy, on m'avait proposé de la péthidine en me disant que le médicament ne supprimerait pas la douleur, mais que, grâce à lui, j'y penserais moins. *La douleur sera présente,* m'avait dit la sage-femme, *mais pour vous, ce sera du pareil au même.* Me couper de mes sensations, l'idée m'avait bien plu, pourtant c'était trop tard, Paddy voulait sortir, m'enlevant la possibilité de faire ce choix.

Après avoir fini d'émincer le poulet, j'ai pressé le jus d'un citron entier sur les escalopes, comme me l'avait appris ma mère. Elle n'aimait pas faire la cuisine, mais elle connaissait deux, trois trucs. Elle savait comment l'épreindre, cette écorce jaune et charnue, l'étrangler entre ses doigts ; elle y plantait les ongles, l'enserrait de toutes ses forces.

En reproduisant ces mêmes gestes, j'ai pris conscience – avec détachement, encore, une légère distance – de ce qui se tramait à l'intérieur de moi, comme un souffle glacé me traversant la poitrine. Alors j'ai pressé encore plus fort, le jus giclait au-dessus de la poêle grésillante, et moi je serrais les dents, contractais les mâchoires. Plus je pressais, plus je sentais mes traits se durcir, mon visage se crisper de laideur. Quand il ne resta plus une seule goutte de jus à presser du citron, qui était bon à jeter à la poubelle – je lui avais fait la peau –, j'ai pivoté sur mes talons. Ted se tenait dans l'encadrement de la porte et me regardait fixement, médusé.

Un fil rouge de colère coule dans les veines de ma lignée – mon arrière-grand-mère, ma grand-mère, ma mère, moi. Sans doute remonte-t-il même encore plus loin, jusqu'à mon arrière-arrière-grand-mère, qui eut douze enfants, dont trois quittèrent ce monde bien avant l'heure.

L'histoire racontait que l'un d'eux avait fini couvert de cloques, visage cramoisi en plein soleil, abandonné dans son landau. J'avais grandi avec cette histoire ; pourtant, quand je l'ai racontée plus tard à ma mère, ce n'était, à l'en croire, que le fruit de mon imagination. Je n'ai pas résolu le mystère de cette femme aux multiples rejetons ; était-elle trop accaparée ailleurs pour prêter attention au bébé dans le landau ? L'avait-elle seulement oublié ?

5

Scénario catastrophe habituel : il est rentré après vingt heures, les garçons étaient déjà endormis, moi parfaitement éveillée, roulée en boule sur le lit de Ted, son petit corps réconfortant entre mes bras. Je savais bien que c'était mal, que je cherche du réconfort auprès de mes enfants. Et pourtant, il m'était arrivé tant de fois de me tourner vers mon fils : quand j'avais passé un mauvais après-midi, une mauvaise année, son corps ensommeillé contre le mien, rien de tel que son souffle paisible pour me calmer. Ce soir-là, je lui avais chanté des berceuses ; c'était Ted qui avait réclamé, même après que Paddy avait collé ses mains sur ses oreilles et hurlé *Arrêteuh !* Au final, tous les deux avaient fini par se glisser tranquillement sous leurs couvertures, et j'avais chanté jusqu'à n'en plus pouvoir, que ma gorge déraille tant et si bien que le message vocal devienne une abstraction, un péril lointain, comme un feu d'artifice qui retentirait dans le ciel.

J'ai entendu la porte frotter sur le sol, l'érafler comme le soufflet geignard d'un accordéon, si familier, puis un bruit de pas, Jake faire glisser son sac sur une chaise, près de la table. Je suis restée immobile. Jake m'a appelée, à mi-voix, depuis les premières marches des escaliers. Peut-être s'est-il dit que j'étais encore en train de batailler avec la conscience de nos enfants, à faire des pieds et des mains pour les repousser dans le cocon douillet du sommeil. Trop souvent, il était monté dans leur chambre juste au moment où les paupières de Ted se faisaient enfin lourdes et il me fallait reprendre le rituel depuis le début. Je savais que Jake n'attendait pas de réponse. Je l'ai entendu marcher jusqu'à la cuisine, fermer la porte, mettre son assiette à réchauffer au micro-ondes.

Je crois bien que mes parents me laissaient eux aussi regarder un peu trop la télévision, parce que tout ce qui me venait à l'esprit, quand je sentais que ma vie prenait une tournure dramatique, correspondait exactement aux scénarios de séries télé : ces mêmes épisodes que j'avais vus et revus, encore et encore, et qui semblaient avoir plus de consistance que ma propre existence. Impossible de trouver un moyen de confronter Jake qui ne semble pas écrit d'avance, du mielleux prêt à l'emploi qui vise aussitôt *dans le mille* – autant dire mille fois éculé. Bien sûr, je pourrais me jeter sur lui, tambouriner sur sa poitrine, exiger qu'il passe aux aveux jusque dans les moindres détails. Je pourrais très bien déchiqueter aux ciseaux, une à une, toutes ses chemises de travail, minutieusement, sans verser le moindre sanglot. Je pourrais...

Ted s'est mis à gigoter contre moi, un vague gémissement s'est échappé de sa bouche, j'ai senti qu'il cherchait à s'étendre sur toute la longueur du lit. Il a fait retomber tout le poids de son bras assoupi sur le matelas, comme le mât d'un bateau qui aurait brusquement viré de bord. J'allais devoir quitter le navire. J'ai songé à me faufiler jusqu'à notre chambre, puis à faire semblant de dormir, mais je me sentais si seule rien que d'y penser, soudain transie à l'idée d'une vague de froid qui disait l'absence sous les draps esseulés, et du grincement distinct du sommier lorsque Jake finirait par monter et me trouver les yeux déjà fermés.

En descendant les premières marches de l'escalier, j'ai un bref instant envisagé de la jouer comme si je n'étais au courant de rien, mais c'était beaucoup trop risqué : ce serait *elle* qui lui apprendrait la nouvelle. Songer à *elle* – son prénom m'était devenu insupportable, tout à coup – changeait la donne. Quelque chose s'était libéré dans ma chair, une sensation de chaînes qui se brisent à l'intérieur, comme je l'avais si souvent redouté, comme si l'un de mes organes se détachait du reste de mon corps et flottait, à la dérive, affranchi, autour de moi.

D'aussi loin que je m'en souvienne, j'ai toujours été terrifiée par les battements de mon propre cœur. Quand j'avais dix ans, j'étais tellement persuadée d'avoir un problème cardiaque que j'avais fini chez le médecin, mon torse prépubère tout couvert de capteurs en plastique. On avait décrété que mon cœur était en parfaite santé. À seize ans, j'étais si stressée par mes examens qu'on m'avait affublée d'un cardiofréquencemètre, discret boîtier enregistreur, récipiendaire secret de l'emballement que mon palpitant éprouvait constamment – oscillations, sourdine, puis un bond, un élan.

Cette fois-là encore, RAS, alors je m'étais fait une raison, à quoi bon évoquer les sursauts de mon cœur, ses à-coups, ses secousses, saccades, pour que le verrou lâche enfin. J'ai agrippé la rambarde de l'escalier, ne pas flancher, saut périlleux de l'imposture, se faire la malle ou bonne figure, pourvu qu'elle passe inaperçue. Le temps que je rejoigne Jake à la cuisine, je dégoulinais déjà de sueur, le souffle court : mon corps parlait pour moi.

6

Jake m'a servi un verre d'eau, il a fait couler le robinet jusqu'à ce qu'elle soit bien fraîche, sa main sous le jet pour contrôler la température, et c'est un récipient tout ruisselant qu'il m'a enfin tendu, rempli d'une eau si pure et si limpide qu'il semblait l'avoir puisée à la source. Je l'ai bue à grandes goulées entre deux bouffées d'air.

Il ne m'avait pas quittée du regard : d'habitude, il serait déjà en train de se plaindre, la bouche pleine, du train, de ses voisins de compartiment – *plein à craquer, où sont passées les bonnes manières* –, à faire de grands gestes avec sa fourchette. Mais le voilà qui mâchait consciencieusement, une bouchée après l'autre, les yeux posés sur moi.

Tu as passé une bonne journée ? m'a-t-il demandé, pour changer, s'efforçant de rendre cette question aussi banale que possible. Par moments, je me disais que c'était ce qu'il y avait de pire, dans le mariage : cette façon dont on finit par savoir exactement ce que signifie telle ou telle inflexion de la voix, tel ou tel geste, sans laisser le moindre signe au hasard. Par moments, même avant que n'arrive ce qui était arrivé, j'espérais que survienne un malentendu, et n'avoir aucune idée de ce que mon mari voulait dire.

J'ai reposé le verre sur le comptoir, glissé mes mains dans les manches de mon cardigan. J'ai laissé s'installer le silence quelques secondes, afin de pleinement sentir l'innocence contenue dans ce silence, la réalité de ce qu'était notre vie, les journées par milliers écoulées sans savoir.

Jake, j'ai eu – un bref instant, j'ai cru que j'allais oublier comment il s'appelait, que c'était ce qui nous sauverait, en définitive. Un oubli : perdre la mémoire d'un nom d'une banalité sans nom justement, un nom qui m'aurait filé entre les lèvres et aurait permis à Jake de s'en tirer. – *David Holmes au téléphone* – voilà, des mots rattrapés à la volée. *Je suis au courant – pour toi et Vanessa.*

J'ai dégluti un bon coup, relevé les yeux sur Jake. Fourchette en l'air, figée à mi-parcours entre son assiette et sa bouche. Je m'attendais à un repentir immédiat de sa part, à ce que son visage se décompose sous le poids du remords – ça, ce serait inédit. C'était une expression que je ne lui avais jamais connue, en tout cas. Mais non, à la place, ce vieux bougre avait l'air en colère, c'était d'agacement que son front se plissait, qu'il secouait la tête à présent.

Quel con, putain. Il a laissé retomber sa fourchette dans son assiette – sonorité banale du quotidien. Rien qui n'attirerait l'attention des voisins. Puis il s'est levé brutalement, en raclant sa chaise en arrière sur le sol – ça, nos voisins le remarqueraient peut-être, les murs n'étaient pas épais – pour arpenter la cuisine de long en large, nuque en bascule, mains croisées au sommet du crâne.

Il semblait avoir oublié que j'étais là ; ma présence me semblait soudain dérisoire, seule à table désormais, jambes croisées, la vague de panique qui s'était retirée, dissolue dans un verre d'eau, l'onde qui ne déferlait plus que dans mes entrailles.

Lui faisait les cent pas, comme s'il réfléchissait à quoi faire, quoi décider. Il s'est approché de moi, le visage méconnaissable, rajeuni soudain, semblant faire peau neuve sous mes yeux ébahis, puis il s'est mis à genoux pour implorer mes mains des siennes.

Lucy – Lucy, je t'en prie – c'était – ce n'est pas – Je voyais bien qu'il s'efforçait de ne pas me servir les clichés habituels. Qu'il ne voulait pas sortir ces phrases qu'on avait déjà mille fois entendues, l'un comme l'autre. Tous ces couples bidon, aux promesses rompues, qui n'existent qu'à travers l'écran, pas même foutus de trouver un langage qui leur appartienne. Pourtant nous en étions là, nous aussi.

Vanessa ? C'était plus fort que moi. Son prénom m'a envahi la bouche, a fourché sur ma langue. *Vanessa ?* Ce son final, sibilance d'un râle cédant la place à une béance, un trou noir d'hébétude.

Elle est tellement – tu m'avais juré. Ces mots à tort et à travers, comme si je commettais une grave erreur de l'ouvrir encore une fois.

C'est de l'histoire ancienne, promis, je vais – Jake a marmonné entre ses dents, au creux de mes mains, qui devaient sentir la crème contre l'eczéma dont j'avais tartiné Paddy avant de le mettre au lit, une odeur de synthèse, à l'amertume prononcée, tenace.

Je vais – Voilà qu'il pleurait, maintenant, et c'est ce qui a achevé de m'écœurer, qui m'a fait bondir de ma chaise.

J'avais vu mon père pleurer une seule fois dans ma vie. À la maison, mes parents se déchiraient, et ils n'y allaient pas de main morte. *Violence conjugale*, m'avait dit ma psy. Mais on n'en parlait jamais en ces termes, entre nous. Après une dispute, il ne fallait pas longtemps à mon père pour se remettre aux fourneaux, fredonner un air guilleret devant sa poêle à frire, bacon frétillant, Papa tout sourire. Mais, cette fois-là, je l'avais trouvé à la table de la cuisine, le visage enfoui dans ses mains. Mon père qui chialait bruyamment, et pas des larmes de crocodile. Il pleurait comme une madeleine. Enfin, non : il pleurait comme un homme.

Ne t'avise même pas de dormir ailleurs que sur le canapé ce soir, j'ai lancé à Jake d'une voix rauque, un buisson d'aubépines, une tarentule, une créature dardée d'aiguilles, aux canines aiguisées, qui a surgi sans prévenir. Un putain de canapé, des gosses qui dorment à poings fermés, un mari éploré sur le carrelage de la cuisine – cliché, cliché, cliché –, comment en étions-nous arrivés là ? À cet instant précis, quel mystère infini que d'avoir fini comme tout le monde. Un mystère pareil à Dieu tel que je me le figurais enfant, à l'église : une présence absente, inconnue, indéfinie, à ne jamais révéler au grand jour.

Je me rappelle ce livre, quand j'étais petite – épuisé aujourd'hui, il coûte les yeux de la tête –, l'histoire d'une licorne qui plongeait dans la mer et se changeait en narval. Un livre illustré de sublimes paysages, lagons bleu marine, crépuscules voilés de corail. Mais l'image qui m'avait fait la plus forte impression, c'était celle des harpies : une horde de silhouettes sombres, profils féminins sur corps volatiles, qui fendaient les airs pour fondre sur le narval, le torturer, le faire souffrir.

Qu'est-ce que c'est, une harpie, j'avais demandé à ma mère ; elles punissent les hommes là où ils ont péché, voilà ce qu'elle m'avait dit.

7

Le lendemain, reprise de la routine habituelle, que j'ai accueillie avec gratitude, dans un premier temps. Jake m'avait fait du thé et me l'avait même apporté au lit ; je l'avais bu, tranquillement, en observant Papa jouer avec les garçons, Papa dans toute sa normalité, ses *sourires*. Paddy lui faisait la leçon sur une espèce rare de requin – le requin-lutin – et tous deux passèrent une bonne partie de la matinée, en pyjama, à chercher ensemble des images de cette chose affreuse sur Internet. Ted s'était glissé sous mes draps, encore plongé dans un demi-sommeil, ses yeux clos sur le rivage des couvertures.

Comme les garçons étaient invités à une fête d'anniversaire ce jour-là, on les a accompagnés au centre de loisirs ; on a siroté du jus de chaussette en faisant un brin de causette avec les autres parents, discuté des sorties piscine et de la nouvelle instit. Côté conversation, Jake s'était cantonné aux autres papas, et je lui en étais reconnaissante sans pouvoir me l'expliquer ; j'accueillais cette mise à distance comme une offrande, à moi l'oiseau de proie resté le bec dans l'eau. J'éprouvais une envie irrésistible de me confier à une autre maman – ces cachotteries qu'on faisait, adolescentes, dans la confidence des W-C, entre deux cloisons de contreplaqué. J'aurais pu jeter mon dévolu sur Mary : elle et son mari s'envoyaient en l'air tous les samedis matin, je le savais déjà. Son petit secret lui avait échappé au cours d'une conversation par ailleurs typiquement banale – comparaison du temps d'écran accordé à nos enfants, durant laquelle j'avais revu mes chiffres un peu à la baisse, tandis que ses stats à elle m'avaient paru démesurées. *Chez nous, c'est uniquement le samedi matin*, m'avait-elle dit. *Ça nous laisse du temps pour nous.*

Mais, en dépit de cette confession, elle ne m'avait rien révélé de plus. Personne ne mouillait jamais la chemise, en fait. J'avais bien essayé d'y aller franco, sans passer par quatre chemins, aux réunions parents-profs ou au club lecture, mais ça finissait toujours par déraper. Une fois, après avoir sifflé la bouteille de prosecco et englouti trop de sushis – mauvais combo –, j'avais lancé : vous utilisez quoi comme contraceptif ? Silence de mort, ensuite.

Faudrait déjà qu'ils apprennent à se servir de leur engin, avait ironisé une connaissance. Rigolade générale, et fin de la conversation.

Je m'étais demandé si en fait elles n'avaient pas toutes un stérilet, ce fil métallique savamment enroulé, bien caché au fond de leur utérus. Il m'arrivait d'envisager de m'en faire poser un, mais impossible de m'y résoudre, d'imaginer que quelqu'un me fourre sa main dans le vagin. Après un accouchement *naturel* difficile et une césarienne, j'avais l'impression que mon corps se refusait résolument à toute autre intervention gynécologique. Dernièrement, il m'avait fallu des semaines de préparation psychologique avant de passer un frottis, pour finalement interrompre la procédure alors même que l'infirmière avait les yeux rivés entre mes cuisses. *Vous n'avez toujours pas cicatrisé*, m'avait-elle dit, sur un ton que j'avais perçu comme celui d'une admonestation.

Après la fête d'anniversaire, on s'est vite entassés dans la voiture garée sur le parking de la zone industrielle, à l'abri du crachin qui bruinait dehors. Les garçons faisaient déjà des simagrées sur la banquette arrière, à comparer leurs sachets de friandises afin de déterminer qui avait été le plus gâté ou lésé. Jake a proposé – sans croiser mon regard – qu'on s'arrête au supermarché, et je me suis entendue lui répondre oui, d'une voix presque étouffée par le bitume. J'ai fermé les yeux, juste histoire d'éprouver la sensation de vitesse, de mesurer à quel point j'avais accepté de ne plus être maîtresse à bord du véhicule.

Je savais bien que c'était avec le narval que j'étais censée m'identifier, pour lui que je devais ressentir de la pitié, de l'empathie.

Pauvre bête, *disait toujours ma mère en tournant la page.*

Mais c'était pour les femmes-oiseaux que j'avais du chagrin. Je m'imaginais à leur place, c'était plus fort que moi : j'imaginais mes ailes se gonfler d'air, et la terre entière s'aplanir sous mes yeux.

8

Les signes ne me sont pas apparus du jour au lendemain. C'étaient des sensations graduelles, diffuses. On est allés faire les courses, et j'ai commencé à planifier les repas, des idées de recettes que je pourrais cuisiner et servir aux hommes de la maison, des plats qui finiraient dans la bouche de Jake. À table, Jake, et une cuillère pour papa, une cuillère pour maman. Vision de Jake en train de mastiquer, puis d'avaler, je ruminais cet avant-goût de ce qui passerait entre les mailles du filet, de ce qui se fondrait dans la masse. Un ingrédient bien précis me semblait de la plus haute importance : il me fallait être en mesure de supporter l'idée que ce soit moi qui attendrisse la viande, moi qui la remue dans la casserole, et que Jake la mâche, la digère, qu'elle fasse corps avec lui.

Une idée sans doute intolérable, car il m'est venu une sensation, d'abord sous mon nombril, sans doute un peu plus bas, logée dans la cicatrice de ma césarienne. Une sensation qui s'est propagée dans tout mon abdomen, telle la douleur d'une crampe menstruelle, d'une contraction précoce. J'ai senti tout mon corps se raidir. Quand Jake est revenu vers moi avec le caddie, je l'ai surpris tout sourire, penché au-dessus de Ted à qui il racontait une blague, Ted et son petit popotin dodu débordant du porte-bébé, ses doigts potelés tout blanchis tant ils serraient fort la barre de sécurité du chariot.

Les enfants avaient faim, parce que les parents n'avaient pas jugé bon d'emporter les restes de la fête, et maintenant qu'on faisait les courses ils traînaient les pieds, tendaient les bras dans les rayons, comme s'ils ne répondaient plus de leurs muscles – des électrons libres aux mains chapardeuses. Jake et moi reprenions du service, secouristes fidèles à leur poste, aux urgences, toujours les mêmes, qui se soldaient par des remontrances sévères à nos vilains chenapans, et des barres chocolatées à reposer sur l'étagère. On avait beau ni se regarder ni se toucher, c'était sans importance, après tant d'années passées en tant que coéquipiers, en tant que partenaires. Nous apprenions – ou plutôt, désapprenions – les mêmes choses ensemble.

Je n'en revenais pas de constater à quel point cette nouvelle réalité entre nous était conforme à l'ancienne, cette capacité à répondre tous deux présents à l'appel du devoir, rôles bien répartis, duo de choc, sans le moindre accroc. Ce soir-là, c'est Jake qui a préparé le dîner – des burgers –, aidé de Paddy, commis au pétrissage des petits pains garnis sous le plat de sa main. Après le dîner, l'heure du bain des garçons, qu'on a pris en charge comme d'habitude ; Jake à la salle de bains pour les surveiller, endiguer tout débordement de baignoire intempestif, moi à la préparation de l'étape suivante : sortir les pyjamas des tiroirs, ranger les jouets dans les placards, choisir les histoires qu'on lirait ensemble. Pourrait-on faire tourner ce petit manège encore longtemps, à la vie à la mort peut-être, passer notre vie entière sans plus jamais vraiment se regarder en face ?

Parfois je m'interroge : peut-on savoir ce que c'est, avant de le vivre soi-même ? Vus sous cet angle, et pas seulement, le mariage et la maternité, c'est comme la mort : personne n'en sort indemne.

Même à présent, il m'est difficile d'observer cette femme (moi), ces enfants (mes fils) sans le moindre filtre, en toute transparence. La perception que j'en ai est toujours teintée, injectée de ce sang que nous avons partagé, de leurs séjours transitoires par les noirceurs accablantes de mon corps.

9

Après le dîner, pendant que les garçons jouaient à même le sol, Jake est venu s'asseoir à côté de moi. Encore aujourd'hui, je pense qu'il avait l'intention de me proposer qu'on regarde un film ou une série ensemble, une fois que nos mômes seraient couchés – comme à notre habitude, quasiment chaque soir, depuis l'époque où j'étais enceinte de Ted. Je me suis souvent demandé ce qui serait arrivé si nous avions regardé la télé ce soir-là. Une possibilité imaginaire – qui doit d'ailleurs sûrement s'être réalisée, dans une autre dimension – et que j'arrive en tout cas à visualiser très clairement, presque aussi clairement que je revois le déroulé des événements tels qu'ils se sont produits.

J'aurais glissé mes jambes sur ses genoux, lui signifiant ainsi qu'il était pardonné, pour de vrai. Il m'aurait accordé le droit de zapper à ma guise – une exception, la première d'une longue série qu'il ferait pour moi, pendant ces longs mois qui allaient suivre – et nous aurions détourné le regard vers l'écran allumé, que sa lumière nous absolve, une flamme qui jamais ne s'éteindrait, une alternative vers l'infini. Un soir – pas ce soir-là, mais une autre nuit, un peu plus tard – Jake aurait posé ses mains sur mes pieds, rompre une première barrière physique, faire table rase du passé.

Mais je suis allée me coucher aussitôt que les garçons avaient rejoint les bras de Morphée. J'ai suivi ma routine beauté, cette version pour adultes des prières enfantines, palpé soigneusement mon visage en massages circulaires, la pulpe de mes doigts si douce sur la peau de mes joues. Avant d'éteindre la lumière, je me suis tartiné les mains de crème, une crème de luxe, un mélange exclusivement composé d'ingrédients biologiques, formulé afin de faire illusion de calme, susciter l'envie fallacieuse de dormir. Je me suis dit : *Peut-être bien qu'il ne se passera rien, cette nuit. Rien d'inhabituel. Juste le train-train quotidien.*

J'étais encore loin d'avoir trouvé le sommeil quand j'ai entendu le bruit de ses pas dans le couloir ; j'avais pris un virage dans le circuit fermé de mon esprit, à présent je dévalais la pente d'un sentiment bien précis. Surtout, ne pas en sortir, feindre de dormir, me concentrer sur ma respiration, la rendre aussi lente et régulière que possible. Mais il s'est assis au bord du lit ; j'ai senti le matelas s'incliner sous son poids.

On aurait dit qu'il s'attendait à ce que j'allume la lampe de chevet, mais je n'y ai pas touché. À cet instant, le moindre mouvement de ma part m'aurait semblé être une capitulation, comme si j'approuvais qu'il soit là.

Qu'est-ce que tu veux ?

Les mots sont sortis de ma bouche dans un murmure, presque malgré moi, comme si la pénombre m'avait fait naturellement baisser la voix, ce qui lui donnait le ton de l'interrogation plutôt que de l'accusation, tel un bruit sourd entre nous.

La silhouette de Jake me semblait tout autre dans l'obscurité, tectonique de plaques mouvantes, d'une lenteur caractéristique. Il avait porté la main à son front, me semblait-il voir à l'orée de mon champ de vision. Cependant ma vision était trouble : sa main aurait tout aussi bien pu être ailleurs.

En extirpant mon bras enfoui sous l'oreiller, le poids de mon corps basculant sur le côté, sa silhouette m'a semblé encore différente, son ombre s'était rapprochée, une main tendue vers le cordon de la lampe de chevet. En même temps, j'ai tendu la mienne pour l'empêcher d'allumer. L'un de mes ongles a dû érafler l'intérieur de son avant-bras : un rebord mal limé, comme une écharde un peu revêche, minuscule.

Aïe ! C'était quoi, ça ? Vas-y, allume.

J'ai cherché l'interrupteur à tâtons, puis clic, la lumière, enfin, et Jake, yeux plissés, nuque courbée, auscultant son bras.

Instinctivement, je me suis penchée vers lui à mon tour, comme je me précipiterais sur les garçons au moindre bobo, pour rassurer, appliquer ce baume maternel au cœur, bisou magique salvateur. Ce n'était rien qu'une légère griffure, rose pâle, mais visible tout de même. Quand j'ai voulu le toucher, Jake a eu un sursaut de recul, comme si je venais de le tirer brusquement d'un sommeil profond.

C'était quoi, ça ?

Sa voix était tout éraillée, empreinte de la fragilité de celle d'un petit garçon.

Je ne l'ai pas fait exprès, Jake. J'y voyais rien.

Voilà que les mots me venaient à nouveau difficilement. Comme une boule dans ma gorge, obstacle à la parole, qui se soulevait telle une pomme d'Adam, m'obstruait la trachée. Je voulais lui tirer les vers du nez, mais, si j'y parvenais, j'allais vomir à coup sûr, en plein sur le lit. Ce qui m'était resté en travers de la gorge finirait par sortir, très probablement. Oui, mais voilà, j'avais toute une pelote à régurgiter.

Je suis venu te parler. Jake semblait avoir suivi le fil de ma pensée. Il allait lui-même dérouler la pelote.

Je suis désolé, Luce. Quel crétin ! Je ne sais pas comment le dire autrement. Je n'aurais pas dû. C'était rien qu'une histoire de cul, juré, craché.

Et voilà que mes mains s'étaient mises à grimper toutes seules le long de mon cou. Je les ai senties remonter de part et d'autre de ma nuque, passer dans mes cheveux tout doux, que j'ai rabattus sur le côté, mes phalanges bien à plat par-dessus mes tympans. Puis j'ai dodeliné de la tête, la lourdeur de mon crâne entre mes doigts, sentant le poids de ce que je trimballais depuis des mois.

Non, non, non, non, j'ai chuchoté tout bas. C'était à mon tour de faire l'enfant, de me rouler en boule, genoux collés à la poitrine, en chemise de nuit, sous le cocon moelleux des couvertures. Je me suis mordu la langue. J'allais piquer une crise.

Tais-toi. Dégage. Deux brefs impératifs, c'était tout ce qui parvenait à sortir de ma bouche, des mots prémâchés, à peine conjugués.

Je veux seulement t'aider, je l'ai entendu dire ; il s'était levé, mais il n'avait pas quitté la chambre, je sentais sa présence étouffante, près de la bibliothèque, si ce n'était à côté de la coiffeuse. Insaisissable, spectrale.

M'aider ? Moi ?

La sensation était si vive – un bouquet d'épines, un aiguillon dans l'estomac – qu'elle a bien failli me submerger. Mais je la contenais : la vague ne m'avait pas encore emportée. Non, pas encore. J'ai entendu Jake expirer un grand coup, s'avancer jusqu'à la porte. J'ai visualisé une surfeuse, sur une vague immense, droite comme un piquet sur sa planche, tenant tête au mur d'eau près de s'effondrer sur elle à tout moment. Cette surfeuse aurait très bien pu être moi. *Ne pas se laisser emporter par la vague.*

Quand Jake a fini par quitter la pièce, c'est un raz-de-marée qui m'a engloutie. Je me suis levée et j'ai fracassé mes poings contre la porte, martelé le bois comme j'aurais tambouriné sur sa poitrine, encore et encore, j'en avais mal, à force. J'ai cru que Jake finirait par remonter, mais rien, silence ; que j'allais m'évanouir à même le sol, non, j'ai dû me traîner jusqu'au lit, et j'ai fini par m'endormir.

Enfant, parfois, il m'arrivait d'ouvrir le livre juste pour admirer les harpies, en traçant du doigt la courbe de leurs ailes qui se déployaient dans leur dos, dans le prolongement naturel de leurs épaules, pour s'élancer jusqu'au ciel.

Je voulais savoir d'où venait cette expression dans leur regard : globes oculaires enfoncés dans leurs orbites, yeux plissés, froncés par la haine. J'avais toute une flopée de questions pour ma mère, mais les mots se desséchaient sur ma langue, et me laissaient un goût amer, sans avoir pu sortir.

10

Le week-end a été bien vite éclipsé par la brume opaque des habitudes. Ce qui m'a frappée, c'était de voir à quel point il était facile de m'en tenir au strict minimum, dans nos échanges avec Jake, sans même parler de contact physique. Un dimanche au ralenti, aux minutes lourdes et pesantes, épuisantes, les garçons grognons, tout chamboulés parce que l'heure de retourner à l'école avait déjà sonné. Mais, quand lundi est arrivé, quelque chose avait changé. Nos allées et venues plus pressées, plus rythmées, comme si la bande-son de nos vies avait été accélérée, calée sur le tempo d'une autre dimension, réalité alternative en mode avance rapide.

J'avais encore à l'esprit la soirée de samedi – non, dans l'estomac même, que j'ai senti se soulever au moment où j'ai dosé le café dans le filtre, comme si ce souvenir en imprégnait les arômes. J'ai saisi la bouilloire, versé l'eau chaude sur la mouture, le visage de Jake en mémoire : son regard, une fraction de seconde, comme s'il me voyait pour la toute première fois. L'espace d'un bref instant, nous étions redevenus deux inconnus l'un pour l'autre. Il nous était arrivé des centaines de fois de ne pas dormir ensemble. Lui ne m'avait même pas vue donner naissance à ses propres enfants.

Le Jake de samedi semblait être un homme complètement différent de celui qui se trouvait assis à la table de la cuisine, cheveux d'ange tout auréolés de la lueur matinale de ce lundi, quoiqu'un peu raplapla d'avoir dormi sur le canapé-lit. Il faisait des grimaces pour amuser les garçons, faire que Ted engloutisse trois cuillerées de céréales supplémentaires. Paddy avait l'air de trouver ce petit jeu hilarant, il riait aux éclats en basculant d'avant en arrière, avant que Jake ne réenclenche le mode sérieux, lui dise d'arrêter de se balancer sur sa chaise, *tiens-toi droit.*

S'il y avait bien un truc qui m'avait toujours fascinée, c'était de voir comment Jake savait très bien faire semblant que tout était normal devant les enfants. Un truc que mes parents n'avaient jamais réussi à faire ; aucune de leurs disputes n'était censurée, ni à mes yeux ni à mes oreilles ; comme s'ils ignoraient complètement que ce n'était pas bon d'exposer ainsi les enfants. En grandissant, j'avais fini par me demander s'ils n'avaient pas encore une fois une approche très permissive de ce à quoi ils pouvaient m'exposer – tout –, comme un moyen de fortifier mon esprit, de ragaillardir mon âme. Bien plus tard, j'ai compris que cette approche n'avait fait l'objet d'aucune théorie, d'aucune planification de leur part : c'était juste leur façon de fonctionner.

Entre passé et présent, j'observais quand même certaines similitudes, comme un air de déjà-vu. Je me suis rappelé cette énergie que semblaient souvent retrouver mes parents, après une engueulade. Notre maison paraissait suivre sa propre trajectoire, comme si elle tournait plus vite que la Terre elle-même, au point que je me demandais comment nos pieds pouvaient bien rester arrimés au sol.

J'avais toujours eu l'impression qu'après avoir fait la paix mes parents en oubliaient leurs différends, qui s'effaçaient de leur esprit, se dissolvaient comme s'ils n'avaient jamais eu lieu. Pour moi, en revanche, leurs querelles étaient sans cesse renouvelées : se faufilant par le bas des portes, à travers le papier des livres, certaines résurgences olfactives. Être témoin de leur agressivité était une chose, mais ne *pas* en être témoin était encore pire : sursauter au moindre bruit, développer d'étranges peurs indéfectibles, attractions de fête foraine, chiens, travaux de construction.

Aujourd'hui, de notre côté, pas de rituel d'adieu, pas de bisou-bonne-journée. Même Jake, cet expert en normalité, n'avait pu s'y résoudre ; sur le seuil de la porte, il m'a adressé un signe de la main, sans se retourner. Puis, seule sur le palier, je l'ai regardé se mettre en route avec les garçons : dans sa main, les cartables qu'ils rechignaient à porter ; dans sa voix, l'autorité de celui qui leur dit de traverser. Il avait enfilé un manteau d'hiver, un bonnet. Sous son manteau, un pull bien chaud, offert par sa mère. Et, sous le pull, une chemise en coton : trame blanche, rayures bleues. Encore en dessous, je le savais, se trouvait une égratignure : plus claire, maintenant, comme la peau d'un bébé, l'épiderme se reconstruisant déjà par-dessus, voile protecteur autorégénérant.

Jake, lui, aurait su quel était le terme approprié pour désigner le processus de cicatrisation : il aurait eu le mot pour le dire. Un esprit scientifique, biologiste de profession ; il étudiait les abeilles, et rapportait parfois à la maison d'infimes fragments de son travail, des faits, rien que des faits accrochés à des épingles, que je pouvais comprendre sans les saisir vraiment. Apparemment, dans une ruche, celle qu'on surnomme la reine porte bien mal son nom : un nom trompeur, m'avait-il expliqué, car elle ne dirige pas la colonie mais a uniquement une fonction reproductive. Sauf que, dans ce rôle-là, elle détient quasiment tous les pouvoirs.

À l'école, la maîtresse me demandait pourquoi c'était toujours elle que je dessinais : cette femme à plumes, les cheveux longs, le ventre rond. C'est une chouette ? *me demandait-elle.* Ou une sorcière ? *Je secouais la tête, refusant de révéler quoi que ce soit.*

Je n'en ai jamais parlé avec mes amies, ni prononcé son nom dans la cour de récré. Un secret bien gardé, à l'orée de mon champ de vision, qui ne se dévoilait qu'entre un battement d'ailes et de cils.

11

Une fois seule, mon esprit m'a semblé se dérober, mes pensées dispersées sous la tutelle des portes closes. C'était dans cette maison que j'avais commencé à *travailler à domicile*, assignée à résidence, puisque ma vie entière avait été relocalisée entre ces murs qui ne m'appartenaient même pas. J'avais vécu la majeure partie de mon existence dans cette ville – je l'avais seulement quittée le temps de faire mes études dans sa rivale jumelle et tout aussi privilégiée – sans jamais parvenir à en posséder le moindre mètre carré. Mais, au moins, dans cette maison, j'étais à ma place, quand bien même ce n'était que pour une durée déterminée. La vie n'est-elle pas, de toute façon, qu'un état provisoire ; la permanence, une chimère ? Quand bien même, l'idée de propriété demeurait enviable : un mirage de sécurité, comme si quatre murs suffisaient à préserver une vie, la contenir, maintenir une présence sur cette terre.

Au début de notre vie d'adulte, l'achat d'une maison était le cadet de nos soucis, Jake et moi ne pouvions pas nous le permettre, nous avions trop peur de nous lancer – il y avait plusieurs versions de cette histoire –, jusqu'au jour où ce n'était tout simplement plus possible. La carrière de Jake progressait timidement, moi j'étais retournée à la case départ, et, pendant ce temps, les prix dans notre secteur ne s'étaient, eux, pas fait prier pour grimper dans notre dos, comme du moisi échellerait les parois d'un bocal au fond du frigo. Désormais les seuls propriétaires éligibles travaillaient dans la finance, étaient juristes d'entreprise ou alors cadres sup dans de grands groupes pharmaceutiques – des gens dont les valeurs personnelles semblaient en totale contradiction avec leurs goûts esthétiques, leurs vitraux néobaroques et leurs bibliothèques en bois massif, remplies de livres qu'ils avaient peut-être lus, étudiants.

Dans ces maisons, la plupart des femmes étaient mères au foyer ; leurs maris avaient tellement à faire qu'il leur fallait une gouvernante, une nounou, une présence constante, stationnaire. La femme – une femme de – pouvait assumer tous ces rôles, et, sans perdre la main, elle la mettait à la pâte, tout en gardant un œil sur le monde extérieur et un pied au bureau des parents d'élèves.

Je ne sais pas comment j'ai pu croire que j'étais différente ; au fond, j'étais cette femme-là, sauf pour les poches, moins remplies. Aujourd'hui, comme chaque jour de la semaine, mon travail consistait à rédiger du *contenu* : en ce moment, le manuel d'un dispositif industriel d'encollage. Adolescente, je voulais être écrivain, et j'imaginais écrire des choses plus significatives que cette phrase dont j'avais parfait la formulation aujourd'hui. *Rangez bien les câbles afin d'éviter tout risque de chute par accident.* Mais sans doute n'y avait-il rien de plus utile que je puisse écrire – rien de plus utile que de prémunir du danger, d'empêcher la mort.

Avant les enfants, j'avais dégoté un job aux presses universitaires de la ville, ce qui me permettait de ne pas me tenir trop éloignée de la vie intellectuelle, de ce doctorat que j'avais fini par abandonner. Je naviguais entre les lignes de textes abrupts, opaques, j'y débusquais les erreurs, perfectionnait le tout. J'avais même continué à travailler là-bas après avoir donné naissance à Paddy, me confondant en obséquieuses excuses au moindre pépin de santé, pour le moindre jour de congé que j'étais bien obligée de poser. Autour de moi : des collègues strictement masculins, qui travaillaient tard, toujours plus vite, dans un trou à rats imbibé de la sueur de leur front. Je savais que ce n'était pas l'ambition qui me faisait défaut. Mais une fois devenue freelance – quand Ted est né, afin d'être *plus disponible* pour les enfants –, j'acceptai tout ce qu'on avait la gentillesse de bien vouloir me proposer : des brochures d'hôtel, des prospectus pour école privée, des dépliants de formation en entreprise. Je me répétais que c'était une façon pour moi de voir le monde – d'écrire le monde. C'était peut-être bien ce que je faisais, d'ailleurs.

Mais, ce matin, impossible de me concentrer. Je déambulais dans la maison, laissant mon regard se perdre au-dehors par les fenêtres, dans l'espoir que mes yeux se posent sur quelque chose. Un instant, j'ai observé une mère traverser la route avec ses enfants, le teint cireux de son visage, délavé, lessivé ; le rose de ses joues absorbé par le pavé, les façades alentour, étalé sur la mine écarquillée de ses marmots, leurs manteaux bariolés. À la queue leu leu jusqu'au trottoir d'en face – maman bras en croix à son corps défendant, maman bouclier par-devant, qui encaisserait le choc, au cas où.

De retour à la cuisine, je me suis préparé un thé, ai voulu le boire sans attendre qu'il soit à bonne température, brûlure vive sur le bout de ma langue. Je n'arrêtais pas de penser à Vanessa : ses œillades furtives, son assurance à toute épreuve, cette fois où je l'avais vue échanger un sourire complice avec Jake. *Un sourire maternel*, je m'étais dit alors. Mon estomac s'est retourné d'un seul coup. J'ai fermé les yeux, tenté de reporter mon attention sur ma respiration, mais je ne visualisais plus que la silhouette de Jake dans le noir, le brusque empressement de mon geste, la griffure à vif, esquisse fantôme sur son bras : le tracé de deux lèvres entrouvertes, qui aimeraient dire mais se taisent encore.

12

Jake tardait à rentrer à la maison ce soir, et je savais que les trains n'y étaient pour rien. J'avais vérifié les horaires en ligne pendant que les enfants prenaient leur bain, accroupie sur les dernières marches de l'escalier, avec pour seule consolation dérisoire la lueur de mon téléphone dans la pénombre du soir. Mon pouce faisait défiler les heures d'arrivée en gare : toutes au vert, à l'heure. Rien que des faits, il fallait m'en convaincre, des informations isolées ; je ne devais pas le prendre personnellement.

Je n'ai reçu aucun texto. Aucune nouvelle, l'expectative figée de l'écran, qui me rappelait ces soirées – au tout début de notre relation – passées à attendre, attendre qu'il me réponde. Les tout premiers téléphones portables, aux notifications élégantes, en écriture courante : *1 Message Reçu*. Je laissais le mien dans ma chambre avant d'aller me prélasser au fond de la baignoire pendant deux ou trois heures, repoussant le moment du face-à-face virtuel. *On était encore tout gamins, quand on s'est rencontrés*, c'était ce que je disais toujours. À peine vingt ans, idéalistes – des gamins résolus à sauver le monde. On ne savait pas dans quoi on s'embarquait.

J'ai fait sortir les garçons du bain, ho hisse au-dessus de la baignoire, frotté leurs cheveux, façon *on-aurait-dit-que-je-serais* un robot – *le robot-séchoir !* –, celui qui fait des bruits de prout dans le cou. Les garçons jouaient le jeu, ils se moquaient de moi, basculaient leur tête en arrière pour mieux me laisser faire. Ted s'est pelotonné contre moi juste après, guili-guili gigotant sous mon bras, un petit ver frétillant de joie. Mais, quand Paddy s'est brossé les dents, j'ai vu qu'il me fixait bizarrement, sa bouche pleine de dentifrice, une sorte de méfiance s'immisçant entre ses paupières. Il m'a observée tout du long, retirer la bonde dans la baignoire, secouer énergiquement le tapis détrempé, ramasser les chaussettes orphelines d'une main, frotter les dents de Ted avec sa brosse de l'autre. Puis une question.

Ça va, maman ?

Dans leur intérêt, je me suis efforcée de recouvrer mon calme. Il y avait sans doute pléthore de raisons pour justifier un papa en retard : accident, maladie, problème technique. Attentat terroriste. Jake aurait aussi très bien pu décider d'aller prendre un verre avec un collègue. Ça lui était déjà arrivé, après tout. Et là – vision d'une vague, celle de ma propre ignorance, une onde silencieuse à l'orée de ma conscience – lame de fond prête à tout submerger sur son passage, tsunami latent encore au large, mais plus pour très longtemps.

Comment avais-je pu le croire autant de fois, prêter une oreille aussi peu attentive à ses excuses ? Souvent, je le savais au fond de moi, j'étais soulagée quand il ne rentrait pas. Après une journée entière à me laisser traverser par les flux et les reflux des garçons, je ne désirais rien de plus qu'un moment tranquille, l'eau du bain, le contact de ma propre peau humide. J'avais toujours eu besoin de passer beaucoup de temps seule. D'aucuns diraient, dans ce cas, que je n'étais pas faite pour le mariage, dès le départ. Mais, pendant longtemps, Jake et moi avions été heureux ensemble : je le savais et n'avais aucun doute là-dessus. Je revois les photos de nous prises le jour de nos fiançailles, au sommet d'une colline.

Nous avions l'air si jeunes que nos visages semblaient se fondre dans le paysage. Aveuglés, presque effacés par le soleil, éclipsant nos sourires béats avec lui.

Quand Ted s'est enfin endormi, j'ai agrippé la barrière du lit, fait basculer mes jambes par-dessus son corps appesanti de sommeil. Je suis allée dans la salle de bains, et je me suis postée devant le miroir en pied. Je me voyais à peine ; j'ai baissé les stores, allumé la lumière. Ma robe était tachée d'auréoles de transpiration sous les aisselles, de traces d'huile de cuisson. Mon mascara avait bavé sur ma joue. J'allais finir par devoir le lui demander : qu'est-ce qu'elle avait de plus que moi ? Je savais à quoi elle ressemblait ; là n'était pas la question. Je savais même ce qu'elle sentait ; plusieurs fois, sur Jake, j'en avais conscience, maintenant. Le gel douche, la lessive. Et puis une autre odeur, qu'il avait dû aller chercher bien profond en elle.

Vanessa. Je me suis agrippée au robinet, près de rendre mon cœur dans le trou du lavabo. Immondes, ces trous de lavabos, quand on y regarde de plus près. Une substance visqueuse, verdasse ; une espèce de crasse vaseuse, envahissante. Je pourrais bien utiliser autant de produits chimiques que je voudrais dans l'espoir de déloger l'incruste, d'en venir à bout, je savais que c'était perdu d'avance.

Rien qu'une histoire de cul.

Un autre haut-le-cœur, j'ai vidangé, essuyé un filet de salive. À cet instant précis, difficile pour moi de les imaginer – *Jake et Vanessa, Vanessa et Jake* – autrement que dans les configurations les plus pornographiques qui soient. Il m'était presque impossible de me représenter leurs visages. Je pouvais seulement, si je m'en donnais la peine, me figurer un plan rapproché obscène de leurs organes sexuels, l'un inséré dans l'autre, un mécanisme basique, un acte on ne peut plus simple. Mon imagination en était toute chamboulée : elle était désormais classée X, je m'aventurais dans les coins les plus reculés du Web, là où les pop-up pornos s'empilaient comme des pliages en origami, des angles droits par centaines pour mieux encadrer les va-et-vient d'un pénis dans la bouche d'une femme, un éternel recommencement.

À vingt-deux heures, il n'était toujours pas rentré. Je m'étais déjà enfilé la moitié d'une bouteille de vin, un rouge bien corsé, de plus en plus âcre à chaque gorgée. Je m'étais déshabillée, j'avais déniché à la place de ma robe tachée un truc noir et brillant du fond de l'armoire, décroché au passage toutes les fringues devant, des brassées de cintres, envoyé valser jupes et tee-shirts. Si l'on suit une certaine logique cinématographique, je savais bien que c'était la penderie de Jake, pas la mienne, que j'aurais dû mettre à sac. Mais ça ne me disait rien du tout : je n'avais aucune envie de toucher à ses affaires. De sentir à nouveau son odeur à *elle*.

La note de tête – de synthèse, parfumée, son shampoing peut-être, son déodorant –, une fragrance terreuse qui faisait plutôt penser à un parfum masculin, un truc unisexe. Qui m'évoquait davantage whisky, cigares, jacuzzi, sources chaudes où barboter après avoir taillé des rondins de bois. La sueur d'un homme après l'effort, l'odeur d'une chemise à carreaux qui aurait fricoté avec les feuilles. Partir en camping, sans les enfants. C'était elle que je voyais partir en vacances, pas moi. Je visualisais parfaitement sa façon d'être assise, dans l'embrasure de la tente, un exemplaire relié d'un classique de la littérature entre les mains, jambes dépliées, chevilles croisées. Elle secouerait ses cheveux en arrière, Jake dirait je ne sais quoi, elle éclaterait de rire. Sous sa jupe, son legging, l'entrejambe aussi étroite, aussi serrée qu'à sa naissance. Je voyais Jake murmurer à son oreille, lui susurrer combien il la trouvait douce, combien elle était bonne, bien plus que moi en comparaison…

M'activer pour que j'arrête de gamberger, il fallait que je m'occupe l'esprit. J'ai lancé une lessive, alors qu'il n'y aurait plus de place nulle part pour l'étendre, la maison entière déjà drapée de vêtements, saturée de leur humidité, température insuffisante dans les pièces à vivre, malgré le chauffage. J'ai pensé faire un feu – encore aurait-il fallu que je sache comment. C'était toujours Jake qui s'occupait de la cheminée. Du coup, j'ai donné un coup de serpillière, d'une pièce à une autre à la vitesse de l'éclair dans ma petite robe noire, rivière de strass entre mes seins. Et dire que je la portais, cette robe, autrefois, quand Jake me conviait aux dîners officiels à la grande table de son *college* – une robe de soirée qui *me mettait en valeur*, me flattait le postérieur, épousait mes hanches. À présent, elle remontait trop haut sur mes cuisses, depuis que le chirurgien avait retravaillé mes courbes au scalpel suite à ma césarienne ; ou devrais-je dire l'interne, loin de maîtriser les gestes incisifs. Ma poitrine débordait du décolleté de la robe, un décolleté profond, les bonnets rembourrés de mon soutien-gorge dépassaient. Si je penchais la tête en avant, je pourrais plonger mon nez entre mes seins, y enfouir mon visage. Un instant, je me suis demandé si je pourrais m'étouffer moi-même, si j'enfonçais ma tête suffisamment longtemps, si, vraiment, je faisais cet effort.

J'ai nettoyé, balayé puis, à quatre pattes, je me suis mise à frotter le carrelage. Le sol de la cuisine était l'endroit de la maison qu'on négligeait le plus, on repoussait souvent le moment de lui donner un coup de propre parce que nos vies étaient bien trop investies d'autres priorités ; des priorités qui, maintenant, vues d'ici – à même le sol de la cuisine, perspective de Lilliputienne sous une cuisine géante –, étaient toutes relatives. Des mois que Jake avait disposé de tout le temps du monde, de tout le temps qu'il voulait, pour tirer son coup ; baiser avec elle, baiser avec moi. Ces derniers temps, d'ailleurs, c'étaient de bonnes parties de jambes en l'air, on finissait tous les deux épuisés, le souffle court, à contempler le plafond. Il l'avait vue avant, c'était tellement évident…

Un autre haut-le-cœur – un crachat de crapaud, de rien du tout, rien qu'un bonus à nettoyer sur le carrelage. Je me suis redressée, dos contre un placard. Celui où on rangeait les Tupperwares, une dizaine de boîtes en plastique, sans leur couvercle, ou pas le bon couvercle, un bordel organisé. Je me disais toujours que je les rangerais, un jour, et bien sûr je ne l'avais jamais fait. Il y avait longtemps déjà que la maison et moi nous étions entendues là-dessus : ces recoins bien cachés où le chaos finissait toujours par s'immiscer, il fallait passer outre.

J'ai attrapé la bouteille de vin, une bonne goulée de vinasse-la-grimace. Des heures que j'avais l'estomac plus ou moins vide de substance solide : j'avais picoré deux bouts de poisson pané froid dans l'assiette du petit dernier, dont l'un était tellement informe que je soupçonnais Ted de l'avoir prémâché pour moi.

Au loin, très loin, pourtant juste de l'autre côté du mur, j'ai entendu la porte d'entrée s'ouvrir, plus lentement, avec plus d'hésitation qu'à l'accoutumée. J'ai failli me lever. J'ai failli me recoiffer, m'asperger le visage d'un peu d'eau, prendre un bonbon à la menthe. J'aurais pu courir jusqu'à la chambre, pour enlever cette robe, enfiler une tenue plus appropriée. Mais je n'ai rien fait de tout ça. Je suis restée le cul par terre.

13

Des deux mains, j'ai enserré mon verre, très fort : quel degré de pression faudrait-il que j'exerce pour le faire voler en éclats ? J'ai imaginé le sang se diluer dans le vin, qui semblerait sans doute bien moins rouge en comparaison, groseille ou grenadine, face à la teneur de ce qui s'épancherait de ma paume entaillée. J'avais déjà vu ça quelque part – il me revenait une telle profusion de détails – sans pouvoir m'en remémorer le souvenir exact.

Lucy ?

Le ton de sa voix sobre, adulte : puis le bruit des semelles épaisses de ses chaussures qui s'avançaient vers moi. Comme une envie irrépressible de rire, tout à coup. Moi, j'avais épousé cet homme, qui rentrait là, à la maison, et m'appelait, moi, par mon prénom ? Nous nous voilions la face depuis le début, c'était bien plus probable.

Jake dans l'encadrement de la porte, une main portée plus ou moins à hauteur de son visage. Une pause.

Lucy ? Luce ? Ça va ?

Il avait l'air si grand, et moi si petite, comme une clocharde effondrée sur le trottoir, à qui le brave passant en costard viendrait porter secours.

T'étais où ? j'ai murmuré les yeux baissés, comme lui, comme si j'adressais ma question au carrelage – une question dont je connaissais la réponse, mais c'était histoire de dire quelque chose, d'entendre les mots sortir de ma bouche, sortir de mon silence. Je me suis dit qu'on pourrait peut-être continuer comme ça pour toujours ; notre relation ne serait plus qu'une série de non-communications jusqu'à la fin des temps. Il aurait pu me répondre : *Quelque part*, en haussant les épaules. Ou changer de sujet : *Comment vont les garçons ?* Mais non, il n'a pas esquivé.

J'étais avec Vanessa. On n'a rien fait que parler, Lucy. Je lui ai dit que c'était fini. Voilà, c'est tout.

Vingt-trois heures au compteur. *Parler ?* Il leur en fallait, du temps, pour discuter. Ils en avaient eu bien assez pour baiser, et pire, encore – encore bien pire –, ils avaient eu tout le temps nécessaire pour des gestes tendres, des câlins, une dernière déclaration savamment formulée. D'un seul coup, les pop-up pornos n'avaient plus aucun sens, remplacés par le *romantisme*, la douceur, les gémissements sourds dans le creux d'une nuque ou d'une oreille.

La maison n'était pas grande ; à peine trois carreaux de carrelage de distance, quelques secondes, avant que je me relève à tâtons pour lui tirer dans les pattes, lui voler dans les plumes comme j'avais vu ma mère se jeter sur mon père tant de fois ; jouer de mes poings sur ses clavicules, plisser les paupières, ne plus voir qu'une obscurité confuse et sourde, pousser des cris d'orfraie, l'entendre gueuler comme un putois.

Va te faire foutre, Jake ! Tu fais chier, putain !

Les mots me sont revenus aux oreilles, sans que je puisse dire d'où ils m'étaient venus. Crissement de tissu froissé, ramdam de bras et de mains tapageurs – je ne distinguais plus que le cataclysme des habitudes, la conflagration du familier. Jake m'a saisie par les deux poignets, haut les mains, il a sifflé entre ses dents :

Bon sang, mais arrête ! Ressaisis-toi, pour l'amour du ciel. On se calme !

J'ai ouvert grand les yeux, j'espérais voir sur son visage ce que je cherchais à y trouver : une expression de culpabilité, de honte, le refrain lamentable d'un avenir assombri par sa faute, une marque de pénitence éternelle. J'ai inspiré, expiré profondément, continuant à le dévisager sans rien dire. Je m'étais souvent demandé combien de fois il nous fallait observer un visage pour qu'il devienne vraiment familier à nos yeux. Celui de Jake m'échappait encore aujourd'hui, m'apparaissait encore sous des angles nouveaux, des lignes fuyantes, quelques centimètres impossibles à mémoriser. Je ne parvenais toujours pas à le voir vraiment, tel qu'il était – pas tout à fait.

Il a baissé les yeux.

Je suis désolé. Je suis désolé, je te l'ai déjà dit. C'est fait. Je lui ai dit que…

Il retenait toujours mes mains prisonnières ; je sentais la chaleur de ses paumes contre mes poignets, là où pulsent les veines, où le bras rejoint la main comme lui faisait se rejoindre les mots, mettait ce nom – *beurk* – dans sa bouche, le faisait siffler sur ses dents, sa bouche collée à la sienne, sa langue…

Mon visage devait lui sembler hideux, j'en étais sûre, sourcils froncés, paupières tombantes, sillons nasogéniens creusés, affaissés, ovale dégoulinant. Rien ne servait de retenir les mots.

Ça me dégoûte. Tu me dégoûtes.

Je suis désolé, Luce. Je suis vraiment désolé. C'est pas des mots en l'air.

Voilà qu'il chouinait presque, d'une voix tout engrumelée. Je sentais la salive s'accumuler sous ma langue, venir me chatouiller la glotte, le cœur à nouveau au bord des lèvres. J'ai songé un bref instant à lui cracher au visage. Sa respiration se faisait de plus en plus saccadée, sa vue semblait s'être troublée. *Mais oui*, j'ai pensé, *c'est peut-être ça qu'il veut.* Il veut se relever, là, porter une main à son visage pour essuyer ses joues, les verres de ses lunettes, y enlever toute trace de moi. Peut-être qu'il veut ne rien avoir à se reprocher, ne serait-ce qu'un instant. Mes lèvres se sont mises à trembler, je m'apprêtais à dire à nouveau quelque chose, mais il a relâché mes poignets, aussitôt tourné la tête – un bruit.

Je n'en saurai jamais la mesure précise, la durée exacte : celle du temps que Paddy – pyjama fusées et vieux doudou en peluche – est resté debout dans les escaliers à nous écouter, peut-être même à nous voir, voir son père retenant sa mère par les poignets. La seule chose dont je suis sûre, c'est que, dès l'instant où nous avons pris conscience que Paddy était là, nous sommes redevenus ses parents, des comédiens qui sortiraient d'un rôle pour revêtir instantanément leur costume de tous les jours, quand retentirait soudain l'alarme incendie parce qu'un spectateur avait perdu connaissance dans le public. J'avais décuvé aussi sec, je me sentais tout engoncée dans ce satin noir, mes dents enrobées de vinaigre rouge.

Pourquoi tu sens bizarre, maman ? m'a demandé Paddy, quand Jake et moi sommes remontés le border dans son lit.

C'est quoi, cette robe ? Ses petits doigts ont glissé sur le plastron de faux diamants, l'empiècement sombre de velours au centre, ses paupières lourdes, papillonnantes. Sa conscience était déjà ailleurs. Peut-être qu'au petit matin il ne garderait que le souvenir d'un rêve étrange.

Jake était sorti de la chambre avant moi, comme si cette scène mère-fils lui était trop insupportable ; il avait déposé un bisou rapide sur le front de Paddy avant de lui souhaiter *bonne nuit* depuis le pas de la porte. Quand je suis descendue à mon tour, je l'ai trouvé assis à la table de la cuisine. Il s'était servi un whisky dans un verre old-fashioned et avait défait les boutons du col de sa chemise de boulot, toute chiffonnée.

Je me suis dit que c'était peut-être *ça*, que ressentaient ma mère et mon père après s'être tapés dessus. On ne pouvait pas rembobiner le fil, rien à faire. Rien, dans l'histoire de l'humanité, ne disait qu'on pouvait annuler les événements, les soustraire à notre mémoire, les enlever de notre tête. J'avais entendu parler d'un médicament qui rendait amnésique, qu'on prescrivait en cas de blessure ou d'épisode traumatique. Mais aucun médecin n'en proposerait à Paddy au motif qu'il avait été témoin de – quoi, impossible à dire, d'ailleurs.

Je suis allée m'asseoir à côté de Jake, j'ai voulu réajuster ma robe, qu'elle recouvre mes seins, mon ventre, mes jambes, en vain. Attraper mon verre de vin resté sur le comptoir, renifler un coup, tirer la tronche.

Ça fait au moins deux mois que cette bouteille est ouverte, m'a dit Jake.

Un je-ne-sais-quoi dans son regard : un air amusé, j'ai d'abord pensé. Ses lèvres étaient implacablement scellées, donc difficile à dire. Pour la première fois depuis des années, impossible pour moi de savoir ce qu'il ressentait. Je n'arrivais pas à imaginer ce qu'il pouvait bien se dire. Je ne pouvais me fier qu'à sa gestuelle, seuls ses actes parlaient : cette façon de passer cette grosse paluche devant son visage, pour relever ses lunettes sur son front et se frotter les yeux. Laisser retomber son autre main, lâche, dos contre la table, paume tournée vers le plafond.

Sans vraiment réfléchir, j'ai fait glisser ma main contre la sienne, à côté, et puis ma paume est venue s'aplatir contre sa paume. Lui avait toujours les yeux sous le couvert de sa main gauche, doigts soudés, légèrement repliés. Mes yeux, rivés sur sa poitrine, sa chemise qui se soulevait au rythme de son souffle.

Sa main dans la mienne, mes doigts qui s'agrippent presque involontairement, comme on signifie à l'autre que, même devant le film, chacun dans son fauteuil au cinéma, on pense à lui ; ou quand l'émotion se fait sentir, lors d'un mariage. Mais, quand mes doigts ont voulu serrer les siens un peu plus fort, ceux de Jake sont restés immobiles. Ce qui pourrait expliquer mon geste ensuite, peut-être.

Je n'ai pas relâché la pression, non, j'ai serré plus fort encore, en sachant pertinemment qu'il sentirait mes ongles s'enfoncer bien profond, maintenant. Jake ne se frottait plus les yeux ; il regardait nos mains, cramponnées sur la table, le fondu enchaîné de nos peaux soudées l'une à l'autre. Il a inspiré un grand coup, sans détourner les yeux, sans retirer sa main.

C'est seulement une fois que j'ai relâché la pression, les joues rouges, un peu essoufflée, qu'il a ouvert la bouche.

C'est ça que tu veux, hein ? Tu veux me faire souffrir, c'est ça ?

Il avait mordu sa lèvre inférieure, ses yeux s'étaient embués, brillants, pourtant sa remarque ne m'a pas fait l'effet d'une accusation. D'un constat, plutôt, sur ce ton familier de la démonstration scientifique, une simple observation qui reposait purement et simplement sur les faits.

Suis-je une femme de vertu ? Cette perle rare dont parle la Bible, joyau inestimable parmi les pierres précieuses. Je sais bien que non.

Mais il y a d'autres choses que je sais, aussi : comme c'est simple, de faire un bond de côté, surgir hors de sa propre existence : simple comme bonjour, comme faire ses premiers pas, avoir ses premières règles, laisser un homme prendre place à l'intérieur de soi, la première fois, sentir son propre corps l'étreindre, le retenir un peu plus fort.

14

L'espace de quelques secondes, au réveil, j'avais tout oublié. Sans la compagnie des mots, seule me suffisait la blancheur solaire de mon esprit paisible – je savais que Jake était descendu et préparait déjà le thé, que bientôt nous serions tous les quatre assis là sur le lit, à discuter sorties d'école, activités et jeux divers pour la semaine à venir, les garçons japperaient, contents, glapiraient, pas contents, se tortillant sur le dos comme deux toutous réclamant des chatouilles.

L'espace de ces quelques secondes, Jake ne m'avait pas trompée avec une autre : notre bulle de bonheur était intacte. J'ai étendu un bras en travers du lit, glissé une main sous l'oreiller vacant, froid. Ma mémoire m'est soudain revenue.

Hier soir, après m'avoir dit *C'est ça que tu veux, hein ?* Jake m'avait de nouveau tendu la main, puis montré les marques d'ongles sur sa peau, demi-lunes roses, profondes, gravures en relief croisées sur sa ligne de vie. Traces de griffures évidentes, irréfutables : je l'avais fait exprès, cette fois.

Tu n'as qu'à le refaire, si c'est ça que tu veux.

Tu as trop bu, j'avais répondu. *Va te coucher.*

Je suis parfaitement sobre. J'ai bu juste un verre de whisky. Il m'avait à nouveau tendu sa main bien à plat vers le haut, comme mon père le faisait quand j'étais petite, une grosse patoche, une cible bien trop grande.

Frappe-moi, me disait mon père, lorsque je me mettais en colère pour une broutille. *Tu vas te briser les os si tu t'y prends comme ça*, me disait-il encore, en repliant mon pouce dans la position adéquate.

Hier soir, le grain de peau de Jake m'avait frappée, ses multiples reflets sous les néons de la cuisine. J'y ai vu tellement de détails, tant de voies possibles. J'ai pensé à toutes ces fois où j'ai embrassé ses doigts, effleuré, frôlé, caressé ces doigts.

Écoute, qu'il m'a dit hier, *je sais à quel point je t'ai blessée. Je suis terriblement désolé, Lu. Je ne sais pas comment te le dire autrement.* Là, une profonde inspiration, des pensées qui se rassemblent dans son esprit. *Tu n'as qu'à me rendre la pareille. Tu as mon accord.* Il avait fini par reposer sa main sur la table, sans me quitter du regard.

Pourquoi tu n'essaies pas, pour voir ? Presque une supplication.

Plusieurs fois, même, si tu veux, a-t-il ajouté. *Combien ? Trois ?*

Il me souriait, d'un sourire discret, yeux vitreux, visage tendu, crispé, nerveux. Une plaisanterie, pour mieux dédramatiser la situation. Mais, au fond de moi, je savais pertinemment – malgré l'alcool, le trouble de ses mains serrées sur mes poignets, puis mes doigts plantés dans sa chair – que Jake était on ne pouvait plus sérieux.

Trois fois. J'avais répété ça tout haut, juste après lui. Le chiffre me semblait logique, net, précis ; une certaine religiosité dans sa structure, même. Le Père, le Fils et le Saint-Esprit – Pierre qui avait trahi Jésus à trois reprises. Un chiffre connu, pour une fille pieuse comme moi. Je me souviens qu'on m'avait donné la permission de faire sonner la cloche à l'église : *trois coups*, m'avait dit le prêtre.

Pour le moment, je me tordais dans mon lit, c'était mon estomac qui vacillait, menaçait de me râper l'œsophage. *Pourquoi serait-ce à moi d'avoir la gerbe ?* Cette pensée m'est venue comme si elle m'avait été murmurée par un souffle divin, si ce n'était un microphone microscopique logé à l'intérieur de mon cerveau. Évidemment, j'étais d'accord avec cette petite voix, c'était à Jake de rendre sa bile – Jake qui mériterait qu'on aille lui trifouiller les entrailles, qu'une main invisible lui fasse dégobiller tripes et boyaux. Sinon, Vanessa, cramponnée à son propre ventre, c'était elle qui devrait se tordre de douleur. Ou alors, tous les deux, mais chacun de son côté du mur des lamentations et des grossièretés. S'il y avait bien une chose comparable au martyre qu'il fallait souffrir à l'accouchement – ce dont ni l'un ni l'autre n'avait fait l'expérience –, c'étaient bien les maux d'estomac. Une méchante gastro. Le corps en guerre contre lui-même, l'illusion d'une zone de confort pulvérisée d'un seul coup.

Quand je suis entrée à l'université, sans surprise, j'ai choisi d'étudier les lettres classiques et je n'ai pas lésiné sur les options facultatives.

Parfois, alors que j'étais censée travailler sur tout autre chose, il m'arrivait de chercher son visage entre les rayonnages de la bibliothèque.

Un visage biscornu, des griffes à la place des mains. Avec une certaine rondeur dans les joues, des yeux comme deux trous cernés de noir : déjà, à l'époque, la ressemblance était frappante.

J'avais lu qu'à l'origine la harpie n'avait rien d'un monstre. Elle faisait simplement la pluie et le mauvais temps. Présage du tonnerre, des tempêtes, pas davantage.

15

Ce matin-là, plutôt que d'aider Jake à préparer les enfants pour l'école, je suis restée au lit.

Maman est malade, j'ai fait résonner dans la cage d'escalier – pas besoin d'autre explication. Paddy et Ted sont venus à la porte de ma chambre, un à un, pour me dire au revoir, à distance, pas de bisou pour ne pas attraper les microbes. Je les ai entendus, prêts à décoller, les *clic*, *crac*, *paf*, démultipliés par trois. Jake lui aussi m'a dit au revoir, mais depuis l'entrée, sans monter les escaliers. Je me suis dit que lui aussi avait peut-être oublié ce qu'il s'était passé la veille. Peut-être bien qu'il était bourré, en fait. Mais, dans la matinée, j'ai reçu un SMS.

J'avais tué le temps sur mon ordinateur portable, à regarder de vieux épisodes d'une sitcom américain, à me laisser narguer par l'apparente simplicité de ces vies qui défilaient à l'écran, ces visages radieux, et tout était bien qui finissait bien, et rebelote chaque fois. Dans mon estomac, c'était glouglous et gargouillis quand je passais une main dessus, mode rinçage, essorage en dedans, le grand remue-ménage intérieur.

Je n'ai pas lu son message tout de suite. Il m'a suffi de voir s'afficher « Jake » sur mon écran pour retourner mon téléphone. Je suis repassée à celui de l'ordinateur, un couple dans un *diner*, deux cafés, une dispute. Quelle valeur pouvaient bien avoir les mots de Jake à présent ? Je me suis laissé gagner par cette impression que doivent sans doute ressentir les infirmes : la possibilité d'une vie entière alitée, un état dans lequel la permanence puisse être de mise, tout mon corps tempéré, en parfaite réceptivité à lui-même, limites du mental atteintes à force d'ennui, de distractions superficielles.

Fais-moi souffrir, si tu veux. Trois fois – et on sera quittes ?

Jake n'avait jamais utilisé d'abréviations dans ses SMS, qu'il rédigeait toujours intégralement. Des messages qu'il concluait par un bisou, un seul – pas deux ni trois. Une marque de constance, voilà ce que je me disais quand on avait commencé à sortir ensemble. Lui ne se laissait jamais emporter, contrairement à moi, par l'élan romantique de quatre ou cinq bisous. Il demeurait fidèle à lui-même. Cette fois, point de bisou, donc, mais autre chose, mieux : une promesse, un projet. Une façon de réparer les torts.

Plus j'avançais dans l'âge adulte, et plus je me rapprochais d'elle : une licence, un master, des années de doctorat, à cribler, calibrer, jusqu'à ce que la harpie devienne mon seul et unique sujet de préoccupation.

Je rassemblais toutes les bribes d'elle que je pouvais trouver. Une mangeuse d'hommes. Une figure monstrueuse. Des ailes dorées. Des cheveux d'or. Corps de rêve, serres d'oiseau à la place des pieds. Visage enlaidi par la rage. Effrayante. Séduisante.

Plus je lisais à son sujet, plus elle devenait floue, et moi avec. Et pourtant : il me fallait absolument tout savoir, si je voulais pouvoir démêler le vrai du faux.

16

Je me suis levée juste après avoir lu son message. J'ai enfilé un jean et un pull, pris la décision d'aller faire un tour au marché. Je nous cuisinerais un bon petit plat pour le dîner – un plat qui plairait à toute la famille. Ces derniers temps, tous nos repas étaient sans saveur, sans surprise : à chaque jour sa recette. C'était dans les mœurs, autrefois : chez ma grand-mère, poisson tous les vendredis, côtelettes tous les mercredis. De nos jours, j'avais bien intégré le fait que notre assiette se devait d'être le reflet du monde contemporain avec, au menu, variété, voyage, un ravissement pour les papilles. Ma grand-mère n'était pas hyper fan des herbes aromatiques ou des épices en veux-tu, en voilà, plutôt du genre à se satisfaire d'un œuf à la coque, avec des mouillettes, comme une enfant. Son palais avait baigné toute sa vie dans l'insipidité, trop gargoté de bouillie bourrative, légumes ramollis en purée, plats du pauvre et pâtes à tarte mollassonnes.

Sa mère – mon arrière-grand-mère – n'avait pas la moindre compétence culinaire. Elle préférait militer pour le droit de vote des femmes. D'après ma mère, elle avait mis le feu à un grand magasin, échappé à la police lancée à ses trousses en grimpant sur les toits londoniens. Elle ne faisait pratiquement jamais ni le ménage ni la cuisine. Elle aimait passer ses journées à lire, à traîner en robe de chambre dans la maison jusqu'à ce que ses enfants rentrent de l'école.

Quelle paresseuse, celle-là ! disait ma grand-mère. Par rébellion, elle s'était employée à devenir une parfaite femme au foyer, elle mitonnait des ragoûts de viande fondante avec des pommes de terre, elle récurait, désinfectait, et pondait, une grossesse après l'autre. Quand elle démêlait ma tignasse pleine de nœuds, elle ne manquait jamais de me tirer sur les cheveux, de me crier dessus. Elle pestait, proférait des jurons à foison, envoyait valser de frustration la brosse contre le meuble de la salle de bains, faisait trembler le miroir au-dessus du lavabo.

Quand j'étais petite, je voyais sa colère comme un parasite qui s'était installé dans son estomac, avant de franchir son col utérin pour élire domicile dans le ventre de ma mère, jusqu'au jour où elle m'avait passé le relai à son tour.

Mes journées ne tournaient plus qu'autour d'elle : mon quotidien, pendant des années, était celui d'un rat de bibliothèque ; lire à toute heure du jour et de la nuit, indifférente au murmure des tables et des rayonnages alentour.

J'apprenais que la harpie énuclée ses victimes. Elle traque, gratte, écorche, mutile. Ce sont les dieux qui lui intiment de le faire, mais elle ne transige pas les ordres. Ses yeux s'illuminent dès lors qu'elle pique, étouffe. Intoxique.

Personne n'aurait dû s'en étonner, finalement. Le traitement de choc était prévisible.

C'est la première fois. J'ai briqué la maison de fond en comble. Je n'ai pas fait d'effort vestimentaire particulier, mais j'ai tout de même enfilé une tenue digne de ce nom. Je me suis même coiffée.

*

* *

J'ai fini par sortir du lit : j'ai défait les draps, que j'ai mis dans la machine, les ai remplacés par du linge propre, effleuré des doigts la couche impeccablement lisse. Fait mijoter l'un des plats préférés de Jake : des pâtes aux aubergines, réduites en sauce sur un filet d'huile et de patience, reflets jaune d'or miroitant sur le feu crépitant.

*

* *

L'humeur des garçons est au beau fixe, à la détente. Après l'école, je ne les ai pas flanqués devant la télévision – j'ai joué avec eux, aux cartes, au Scrabble, à faire comme si : *on dirait que t'étais un cheval, maman, et moi j'étais ton papa.*

Quand Jake rentre du travail, je ne vais pas l'accueillir à la porte en lui apportant ses pantoufles, ce serait un peu *too much*. Non, il me trouvera à la cuisine, tout sourire, occupée à vérifier la cuisson des pâtes. Ce sont ses garçons qui accourent à la porte, ding, dong, leurs yeux pétillent.

*

* *

Je tiens à préciser que j'ai failli ne pas le faire. Qu'au moment de servir le dîner, en regardant Jake, j'étais à deux doigts de lui servir notre sauce – pas celle dans l'autre casserole posée discrètement sur la cuisinière. Mais ce serait mentir : je sers Jake en premier, je verse une bonne louche de sauce sur son assiette, garnie de quelques feuilles de basilic pour la touche finale.

Je vois bien qu'il est confus, qu'il ne sait plus très bien ce qu'il se passe. Pourquoi cette mine réjouie, pourquoi le tablier ?

Tu te sens mieux ? me demande-t-il, parce qu'il a bien conscience que les garçons écoutent – il soulève sa fourchette jusqu'à sa bouche, j'opine du chef.

Beaucoup mieux, je réponds, je porte un verre de vin à mes lèvres. Jake a une faim de loup : il engloutit son assiette sans même prendre le temps de mâcher, les pâtes et les légumes lui glissent d'un seul tenant dans le gosier.

C'est bon, je suis guérie, j'ajoute en plantant ma fourchette dans mon assiette. À mon tour de savourer mon repas.

17

Au petit matin, les nausées avaient disparu, contrairement aux matins précédents. Mon estomac léger, liquidé, tout mon corps à son aise, enveloppé sur lui-même. Mais la maison sentait un truc qui ne faisait aucun mystère. J'ai trouvé Jake le nez dans les toilettes du rez-de-chaussée, tête au-dessus de la cuvette, qui rendait gorge, tripes et boyaux.

Je n'ai pas fermé l'œil de la nuit, m'a-t-il dit. *C'est sûrement* – Il s'est lui-même interrompu pour se délester, et j'ai immédiatement fait un pas en arrière : j'ai toujours détesté voir des gens vomir, même les enfants, ça me répugne. Mais Jake avait atteint le stade où il ne rendait plus que de la bile, apparemment. Il a fini par s'asseoir à même le sol, en prenant appui contre la paroi minuscule des W-C, ses longues jambes dépassant en travers de la porte que je tenais entrouverte, ses pieds effleurant presque les miens. L'air était devenu si irrespirable, une odeur âcre, acide et fermentée, que j'en mis ma main à la bouche. – *sûrement le truc que t'as chopé*, a-t-il repris. *Costaud, ce machin. J'ai déjà dû vomir une dizaine de fois.*

L'an dernier, à un moment c'était un peu la traversée du désert, côté boulot, j'avais accepté de rédiger la notice d'un vomitif. Qu'il existe un médicament à cet effet ne m'était jusqu'alors jamais venu à l'esprit. Je n'avais d'ailleurs entendu prononcer le mot *émétique* qu'une seule fois auparavant, à l'occasion d'un séminaire de littérature à la fac, quand le prof avait voulu évoquer le style d'un certain écrivain, sa logorrhée verbale indigeste, intarissable.

La prudence est de mise, telles étaient les préconisations d'usage du médicament, afin de veiller à ce que les gens ne le prennent pas pour de mauvaises raisons. Des raisons qui étaient, pour la plupart, à chercher du côté des troubles alimentaires, c'était mon hypothèse – une mise en garde à l'intention des adolescentes qui savent très bien ce que sont les *laxatifs* et les *vomitifs*, celles qui veulent se nettoyer de l'intérieur, par le vide, s'épurer dans la cuvette.

Jake s'est relevé sur ses deux jambes, en titubant un peu, s'est accoudé au lave-mains. Je sentais les mots me venir, monter dans ma poitrine, des bulles légères, un sentiment d'excitation, d'empressement. En dépit de l'odeur, envolés les haut-le-cœur. J'avais les idées claires, incroyablement claires, ressentant des picotements à la lisière de mes paupières, des fourmis dans tout le corps, comme sous l'effet de la caféine ou du sport. Une intuition : *Je peux le lui dire* ; j'ai senti les fourmis qui escaladaient mes cordes vocales, ma bouche s'ouvrir, les mots prêts à sortir.

Jake, tu te rappelles, les pâtes qu'on a mangées hier soir ? Je t'ai servi une assiette à part, j'ai… j'ai ajouté une touche spéciale à ta sauce.

Inutile d'entretenir le suspense plus longtemps, façon série américaine : le mal était fait, point. Soudain, cette sève qui remonte, encore, une onde pulsatile dans mes doigts.

C'est la première – la première des trois. Voix moins audible sur cette phrase-là, cordes et fourmis qui se défilent, tiens.

Jake a relevé la tête au-dessus du lavabo, lentement. Les deux mains fermement agrippées sur le bord, la mèche humide, façon limace, collée au front.

Hein ? Sourcils froncés, tout à coup. Un effluve âcre s'est épanché de sa bouche, sa tête faisait non, non, non, non. *T'es sérieuse, là ?*

Chut, tu vas réveiller les garçons. Je lui ai tendu la main, enfin presque. Il a relevé la tête pour me regarder droit dans les yeux, cette fois. J'ai vu tant d'émotions passer sur son visage : il y avait de la beauté dans cet instantané, c'était comme voir un nuage déplacer son ombre sur le paysage, comme on regarde à travers un hublot. Révulsé, outragé, mais juste après – l'ombre qui gagne du terrain, les formes qui en prennent une autre, à contre-jour – ce n'était pas à la même chose qu'il pensait, visiblement. Moi aussi, j'avais commis l'irréparable, désormais. Moi aussi, je m'en voudrais à mort, je regretterais de l'avoir fait.

Mais non. Pas encore.

J'ai répondu : *On pourrait faire un truc ensemble aujourd'hui. Se balader quelque part. On pourrait – on devrait aller à la mer.*

Jake m'a dévisagée une nouvelle fois et, parmi son panel d'expressions faciales, je ne voyais plus que les plis sur son front.

Hein ? Plus qu'une onomatopée à la bouche. *Lucy… je me sens… je me sens tellement mal. Y a pas moyen que je conduise, là.*

Je prendrai le volant, pas de souci. J'avais eu mon permis à dix-huit ans, mais, depuis qu'on avait eu les enfants, Jake était passé conducteur en chef. Les premiers temps, il fallait que je sois à l'arrière, pour sortir un sein d'une chemise, le donner aux garçons, ceintures bouclées sur leurs sièges. Les années avaient passé, désormais les garçons s'abreuvaient d'écrans et de livres audio, mais la tradition s'était perpétuée. C'était toujours moi qui gardais les goûters à portée de main, qui tendais les quartiers d'orange, qui baissait la vitre quand l'un des deux blanchissait comme un linge.

Mais j'en étais tout à fait capable : je *savais* conduire. J'avais rêvé de l'océan, ça me revenait maintenant, tirée de mon sommeil en pleine nuit, plis et replis de ce lit comme un terrain vague d'une blancheur qu'on aurait dite d'écume, ultime démarcation du monde. C'était ce qu'il nous fallait, semblait me dire ce rêve : après le baptême du feu, la confirmation silencieuse de la plage, l'absolution des eaux.

Ce serait bien qu'on y aille aujourd'hui, quand même. Autrefois, c'était le genre de décision qu'on aurait prise à deux, quand on était plus jeunes, qu'on avait plus de temps, de foi, qu'on s'en remettait au pouvoir du « changer d'air ». Un matin où on n'avait rien de prévu, on décidait de s'expatrier dans le Norfolk, le Sussex ou le Kent. La voiture démarrait en trombe, nos cœurs turbinaient, vrombissaient sur le bitume, et les derniers relents de fatigue se noyaient dans l'aube naissante.

Mais, parce qu'il y avait un mais : Jake avait le teint d'un cachet d'aspirine, il tournait de l'œil, là.

Non, non, je ne crois pas, m'a-t-il répondu, mains sur les tempes. Il semblait tellement plus vieux, tout à coup, comme s'il n'avait plus toute sa tête.

Peut-être demain, alors ?

Il faut que je retourne m'allonger. Pas sur le canapé du salon, non – il s'est dirigé droit vers les escaliers, qu'il a commencé à monter d'un pas lourd, une main agrippée à la rambarde. Je l'ai entendu faire coucou à Ted, une fois en haut : *Tout baigne, mon petit bonhomme ?* Je le voyais très bien passer une main affectueuse sur son crâne duveteux au passage. Puis une voix timide, encore endormie :

Ça va, papa ? Tu es malade ?

À ces mots, j'ai senti qu'il y avait un truc prêt à chavirer en moi. Un truc prêt à renoncer, freiner d'un coup, dire stop. Mais je ne l'ai pas laissé faire. J'avais bien noté que Jake était monté se coucher dans *notre* lit. Il s'y croyait autorisé, de toute évidence, alors qu'il s'étende sur les draps, et qu'il éprouve toute sa faiblesse. Il comprendrait alors – comme je l'avais compris, moi, il y a des années, depuis toujours – à quel point c'était un jeu d'enfant, de bousiller un corps.

Les gens peuvent bien penser ce qu'ils veulent, je suis comme tout le monde. J'ai toujours voulu bien faire, être quelqu'un de bien, comme il faut, sous tous rapports, recevoir les tapes sur l'épaule, les signes d'approbation. Les félicitations.

Je ne m'imaginais pas faire de mal à qui que ce soit. Quand j'ai tenu ces petits êtres dans mes bras – mes enfants –, j'avais eu peur de les faire tomber, les balancer par la fenêtre, renverser leur poussette au milieu de la route. Ça semblait tenir du miracle, que ce ne soit jamais arrivé. Qu'on s'en soit tous sortis vivants à ce jour.

18

En route vers la mer, le trafic était fluide ; Ted n'était quasiment plus malade en voiture désormais, mais on avait gardé l'habitude de la fenêtre ouverte – l'air frais qui caresse les joues, les silhouettes dansantes des arbres nus à l'horizon. Jake se sentait mieux depuis la veille, il avait même mis de la musique ; je me suis demandé d'ailleurs s'il avait vraiment choisi la bande-son du trajet au hasard, un album qu'on écoutait au tout début de notre relation, du temps de nos toutes premières escapades en voiture. Du temps des pieds nonchalamment croisés sur le tableau de bord, d'une main négligemment posée sur sa cuisse. À présent, nos deux corps semblaient à mille lieues l'un de l'autre, il en émanait une vibration distincte, celle de deux personnes qui étaient des étrangers l'une pour l'autre. Je tenais fermement le volant, les yeux fixés sur la route. Mais je voyais bien que Jake était nerveux, à l'entendre battre la mesure sur le plancher de la voiture, à contretemps parfois, retenir sa respiration quand je prenais un virage un peu vite, quand je donnais un coup de frein trop brusque derrière un autre véhicule.

Aujourd'hui, Jake semblait presque revenu à son état normal, il avait retrouvé des couleurs, mais, la nuit dernière, je ne voyais que ça : son corps affaibli, défaillant. J'avais mal dormi, avec cette impression de me réveiller toutes les heures, comme aux cris d'un nouveau-né. Mais personne ne m'appelait : pas même Jake, qui était retourné sur le canapé sans que j'aie eu besoin de lui faire une remarque. C'étaient mes pensées qui me sonnaient les cloches, et les mêmes images qui défilaient sous mes yeux comme un folioscope. Au royaume où sonnait trois heures du matin, ni victoire ni énergie à revendre. Mon esprit jouait à saute-mouton – je passais du coq à l'âne, je voyais mes pensées comme de dangereux animaux de basse-cour sur une pente glissante.

Ce matin, je m'étais maquillée, j'avais recouvert les cernes noirs sous mes yeux d'un beige pâteux, luisant. Appelé l'école, pour leur dire que les garçons étaient malades – et le mensonge m'était venu tout seul, naturellement. C'était la première fois que je faisais ça, j'avais toujours été incapable de faire face à l'angoisse de la transgression, à l'image que me renverraient les instits, si elles sentaient qu'il y avait anguille sous roche. Pas de quoi en faire tout un plat, en fait. Même Jake s'est fait porter pâle, et sans se faire prier. Quand je lui ai demandé, il a téléphoné illico à l'université, bredouillé quelques mots dans la pièce d'à côté et l'affaire était réglée.

À notre arrivée, le village de pêcheurs où nous avions nos habitudes semblait dénaturé, presque défiguré, plus anguleux. Nous venions en hiver ici pour la première fois et les garçons semblaient désorientés ; ils rechignaient même à sortir leurs jambes de la voiture pour se dégourdir. Un sentiment m'est revenu : cette impression que le trajet se suffit à lui-même, peu importe la destination, avec le monde qui se déploie sous nos yeux au fil de la route, suspendu aux notes de musique.

Jake avait grandi en bord de mer. Il disait toujours que l'air iodé lui faisait du bien, il respirait mieux, il dormait mieux. Ses cheveux bouclaient de plus belle ; les embruns semblaient le reconnecter à sa véritable nature. Là, maintenant, c'était aussi l'odeur d'écume, de goémon que je brûlais d'envie de sentir, respirer l'âcre à pleins poumons ; voir les mouettes qui décrivaient des cercles au-dessus des bancs de poissons, s'en emparaient à la volée quand une lueur avait le malheur de vaciller sur les flots. Comme si nous avions besoin, nous aussi, d'expérimenter la vivacité première d'un lieu où le domaine du saisissable laissait place au mystère, à l'eau salée, à la mort. Je me suis dit, peut-être était-ce l'occasion pour Jake de se remettre d'aplomb et, pour nous, de guérir. De tout arranger.

Nous avons remonté le sentier jusqu'à la plage, cric-crac sous nos semelles, les garçons s'étaient élancés devant nous sur les graviers – puis pieds joints dans le sable, sans nous attendre, enfoncés jusqu'aux chevilles. Au large, clarté glaciale du soleil, ciel impeccablement dégagé ; mon champ de vision s'étendait à des kilomètres à la ronde, bien au-delà de ce qu'il m'avait semblé humainement possible de voir jusqu'à présent. Je me suis rappelé ma toute première paire de lunettes, à onze ou douze ans, et soudain le monde qui s'était défini, affiné, tous ces arbres aux feuilles distinctes, tous ces gens aux traits singuliers, même de loin.

Jake a joué avec Paddy, lui a montré comment faire des ricochets, l'angle précis du coup de poignet, les rebonds et les plats à la surface de l'eau. Les vagues étaient trop hautes, et les cailloux coulaient sans ricocher. De mon côté, j'ai bien essayé de montrer à Ted comment faire des pâtés, mais le vent lui soufflait du sable dans les yeux, il s'est mis à pleurer, tout contre ma poitrine, cheveux dispersés dans les airs, larmes brûlantes sur les joues. Je l'ai bercé dans mes bras, j'ai humé la douce odeur de sa petite tête, tout en observant Jake et Paddy qui jouaient à dompter vent et marée, telles deux ombres chinoises sous le soleil blafard.

Changement de décor pour le déjeuner : on est allés déballer le pique-nique derrière les dunes, là où le soleil et le vent étaient plus cléments, face au marais, dos tourné aux flots agités. Cette partie de la côte abritait une réserve naturelle, où des espèces rares d'oiseaux et de rongeurs avaient trouvé refuge, immensité de pure verdure avec, en perspective, le dôme d'une centrale nucléaire. Loin du sable et des vagues, le ventre plein, les garçons avaient recouvré leur calme. Tous deux jouaient aux équilibristes sur les passerelles en bois qui traversaient le marais, fines gambettes chancelantes au-dessus des hautes herbes qui ondulaient sous leurs pieds, bras grands ouverts, en balancier. L'idéal parental absolu : nos enfants étaient libres, mais à portée de vue – et de mains, pour les rattraper si besoin.

J'ai souri en voyant Paddy, devant, se dandiner fesses en arrière, nous faire signe en tapant des mains. Jake le regardait aussi, mais ses pitreries ne semblaient pas suffire à le faire sourire. Il n'avait pas mangé grand-chose, deux trois chips, quelques morceaux de pomme avant de balancer le trognon vers la dune.

Comment tu te sens ? lui ai-je demandé du bout des lèvres, en prenant le temps d'articuler chaque mot, sans lâcher Paddy des yeux.

Mieux, a-t-il répondu, en arrachant au passage une touffe d'herbe pour la jeter au vent.

Les garçons semblaient s'être trouvé un nouveau jeu, Paddy en tête, guidant son petit frère du doigt.

On n'en reste pas là, d'accord ? Ma voix ne faisait pas le poids contre le vacarme des vagues, les cris des enfants.

Jake a lâché un long soupir, arraché une autre touffe de brindilles.

D'accord, a-t-il soufflé – le mot m'a semblé glisser sur le sable, emporté dans une bourrasque.

Oui, d'accord, a-t-il répété, plus fort cette fois, en y mettant davantage de conviction. *Je pense aussi qu'on ne devrait pas en rester là.* Il s'est tourné vers moi, sans sourire ni sourciller non plus, une toile blanche, regard fixe, profond. J'ai aperçu mon reflet dans ses pupilles, une version miniature de moi-même. Inoffensive.

Il existe tant de manières différentes de fonder une famille, la construire, jour après jour. C'était notre façon à nous : notre projet avait déjà pris forme, déjà commencé à s'ancrer dans la matière, un projet aussi concret que nos mains dans le sable, que ces deux enfants que nous avions engendrés *ex nihilo*. Nos excursions avaient toujours redonné à notre existence une forme malléable, facile à remanier – pleins phares sur une construction en pâte à modeler. Dans ce terrain de jeu – derrière, la mer, devant, le marais, paysage étiré jusqu'à l'horizon –, la vie était simple, les possibilités vastes, enfin. Nous n'étions plus qu'un homme et une femme, assis là en tailleur, assis là à regarder jouer nos enfants.

DEUXIÈME PARTIE

Je n'ai jamais fait de mal à une mouche, mais j'ai mangé beaucoup d'animaux morts, des tas et des tas. Il m'est arrivé d'empoigner des deux mains le bras d'un camarade de classe, de le tordre si fort, comme si j'essorais une serviette encore mouillée, en observant, l'œil torve, la rougeur se propager sous la pression de mes doigts. Et j'en ai lu, des livres avec une meurtrière pour héroïne, une fillette au regard invisible sur les photographies, deux trous noirs, deux fosses béantes dont je ne distinguais pas le fond.

J'ai passé de nombreuses heures dans ma cuisine, nez plissé, sourcils froncés, les murs comme seuls témoins de ma transformation.

19

Noël approchait ; je savais que le prochain coup devrait attendre. Notre petit jeu, à Jake et moi, n'avait pas sa place dans le référent temporel des enfants, la roue cyclique de l'année, cette garantie de sortir de sa boîte la même décoration, de chanter toujours les mêmes refrains à l'école. Ce que nous faisions ne procédait d'aucune tradition, c'était même inédit ; après tout, ce n'était que l'œuvre de notre imagination, fluctuant au jour le jour. Nous avions, nous aussi, posé un cadre : convenu qu'à chaque fois, comme la première, ce serait *une surprise*. Jake ne saurait pas à quelle sauce il serait mangé.

Ces derniers temps, je refusais beaucoup d'invitations – à prendre un verre, rejoindre le porte-à-porte des chants de Noël, participer aux rencontres du club lecture. Ma réponse était toujours non. Je passais la plupart de mes soirées seules, à faire semblant de travailler. Je m'étais trouvé d'autres occupations, de nouveaux centres d'intérêt qui n'avaient strictement rien à voir avec ma vie, ne rapportaient pas d'argent, dont la contribution à la bonne gérance des affaires domestiques se faisait au négatif. Jake rentrait le plus souvent tard, après avoir pris soin – trop de soin – de m'envoyer le détail de ses mésaventures ferroviaires par SMS : panne de signalisation, absence inopinée du conducteur, un corps sur les rails. Je mettais les garçons au lit le plus tôt possible, je m'installais à mon bureau, enveloppée de sa lumière accueillante, curieuse de savoir ce que le moteur de recherche aurait à m'apprendre.

Mon confident le plus intime était à présent mon ordinateur portable, ce rectangle d'une épaisseur si mince et qui pourtant renfermait tellement de lieux où s'échapper. J'ai passé une semaine entière à observer des ouragans se déchaîner derrière mon écran, colosses de fumée noire, colonnes torsadées spiralant à travers champs – regard d'une caméra braquée sur leur trajectoire, révélant son humanité à chaque mouvement de recul pour s'être approché d'un peu trop près. Chaque fois, j'aurais voulu qu'il avance, qu'il s'approche encore davantage jusqu'à pénétrer cette masse tourbillonnante de gris cendré, faire fi des meubles et des troupeaux projetés dans les airs, rejoindre l'œil du cyclone, là où tout est calme. Parfois, il arrivait que Ted ou Paddy erre, à moitié endormi, jusque dans ma chambre ; je faisais vite basculer l'écran, avant que l'un d'eux n'ait même le temps d'entrapercevoir une image.

J'ai observé les tsunamis, ces masses d'eau capables de terrasser des immeubles entiers, charrier des voitures, rayer toute une ville de la carte comme d'un trait de stylo. Le site web me suggérait d'autres vidéos que je pourrais aimer : glissements de terrain, crashs d'hélicoptère, explosions. Et je cliquais, de catastrophe en catastrophe ; je trouvais dans leur répétition quelque chose d'apaisant, à voir la terreur déferler sous mes yeux, se déployer sur les lignes épurées de ma chambre. Une vidéo après l'autre, les images mettaient le temps de quelques minutes mon cerveau à l'arrêt, interrompaient les pensées qui défilaient les unes après les autres, à cent à l'heure – une vie entière vue à vol d'oiseau, incapable de regagner la terre ferme. Je n'avais pas éprouvé à ce point la sensation de vitesse depuis le début de ma vingtaine, à apprendre des langues oubliées, à sentir leurs contours se définir, leur saveur gagner en substance, en texture, à mesure que j'en distillais la substantifique moelle. Sous mes yeux, d'antiques symboles se diluaient, se clarifiaient : ils s'offraient à moi bien volontiers. Cependant mon propre rythme m'effrayait à présent : je ne semblais guère maîtriser aucune de ces idées que je soulevais par piliers à bout de bras, qui s'érigeaient sans fin vers le ciel sans que je puisse jamais les déposer au sol.

Je me sentais toujours honteuse le lendemain matin, comme si j'avais passé la nuit à regarder du porno amateur plutôt que des témoignages, des reportages tournés sur le vif, captations tremblantes sous le feu des cris. Je voyais bien qu'il existait une distinction entre certains désirs de violence légitimes, et d'autres qui frisaient l'infamie ; regarder les infos, au moment où les événements se produisaient, n'avait rien de critiquable. Regarder les mêmes extraits de journaux télévisés cinq ou dix ans plus tard, si. Lire des polars sordides basés sur des faits réels, écouter des podcasts dans lesquels on cause massacres avec force détails : aucun problème. Regarder une vidéo montrant un homme en train de traîner son ami, en sang, sur un trottoir, écouter en boucle l'enregistrement sonore d'une fusillade dans un lycée ou celui d'un avion heurtant un gratte-ciel de plein fouet : c'était le signe qu'un truc ne tournait pas rond. Et pourtant, mon cas n'était pas isolé : dix millions de vues, vingt millions, trois cents millions de vues, à en croire le compteur affiché en surbrillance sous chacun des clips vidéo – et les chiffres grimpaient parfois même à mesure que les secondes défilaient sous mes yeux.

La veille de Noël, nous étions censés organiser la traditionnelle fête de quartier qui réunirait voisins et amis – guirlandes lumineuses, rubans de houx et de gui, vin chaud, et tous les convives ronds comme des ballons à la fin de la soirée. De toute l'année, c'était le seul effort que je consentais à fournir pour entretenir une vie sociale, tisser des liens d'amitié avec d'autres parents d'élèves, tous ces gens qu'on croisait à la chorale, sur le terrain de sport ou en sortant les poubelles. Une nuit d'insomnie, j'en étais arrivée à la conclusion que ne pas organiser cette fête donnerait l'impression que quelque chose clochait. Le voisinage viendrait nous poser des questions, à coup sûr.

Rassure-moi, on n'organise pas de fête cette année, s'était aussitôt inquiété Jake, quand j'avais évoqué le sujet un matin, à la table du petit déjeuner – jardin dans son plus simple appareil hivernal sous un soleil laiteux en toile de fond.

Ah bon ? Et pourquoi pas ? lui avais-je lancé, comme pour le mettre au défi de me répondre devant les garçons, interrompre leurs ruminations cotonneuses du matin, leur en boucher un coin, entre deux cuillerées de céréales. Jake s'est tu, la mine assombrie par le manque de sommeil. Tous les matins, il émergeait du salon en caleçon et tee-shirt, lançait un bonjour enjoué aux enfants, comme si de rien n'était.

J'avais bien essayé de ne pas repenser à la fête de l'année dernière. Ou plutôt, j'y avais songé, exprès, jusqu'à en avoir la tête retournée dans tous les sens et l'estomac tout essoré, programme 1400 tours. Vanessa et David Holmes, même allure élégante, intemporelle, tous deux plantés là, près de l'arbre, comme un couple de vieux sages, les vétérans de la soirée, au moins dix ans de plus que les autres invités. Il avait suffi que le message de David sur mon répondeur – resté tel quel, sans réponse de ma part – me sorte de l'esprit pour que surgisse un autre souvenir. Une invitation de dernière minute, maladroite – Jake m'avait dit qu'il avait envoyé un SMS à Vanessa – et deux invités qui n'avaient rien à voir avec le reste du lot, l'évidence même.

Une soirée qui avait été un peu folklo à leur goût, sans doute, à base de gobelets en carton coloré, pas d'assiettes mais des serviettes en papier, les voisins qui faisaient peu de cas de la moquette constellée de miettes. L'un d'eux s'était pointé en combinaison de cycliste ; une autre était venue avec sa toute petite, à qui elle donnait encore le sein, et la gamine tirait sur la chemise de sa mère chaque fois qu'il lui prenait l'envie de téter, enroulée sur sa hanche, la bouche en cœur.

Vanessa avait bien profité du spectacle, ça ne m'avait pas échappé : elle avait eu cet air amusé, tranquille, de celle qui a passé l'âge, qui est au-dessus de tout ça désormais, du haut de sa tour d'ivoire. Peut-être qu'une fois sa génération disparue, il ne subsisterait plus aucun spécimen de son espèce, capable de garder son calme quelle que soit la scène qui se joue sous ses yeux, l'indifférence incarnée, et peu importe que, sur le perron ou vingt mille kilomètres plus loin, le rugissement d'une tornade naissante se fasse déjà entendre.

Personne ne s'imagine un jour devenir cette femme-là – jusqu'au jour où. C'est marcher dans la rue, en sachant pertinemment que ça n'arrive qu'aux autres.

C'est ne pas avoir une traître idée de ce que c'est : un pied disloqué sur le pavé irrégulier, une cheville foulée sur le bord du trottoir, une chute, quelques millisecondes, un geste des plus brefs, et qui pourtant change tout.

20

Je disposais de tout le temps nécessaire pour organiser la fête ; j'avais étrangement quartier libre durant mes journées, débarrassées de tout ce qui les encombrait d'ordinaire. Mise en demeure au service des garçons, je pouvais me charger de les déposer et de les récupérer à l'école tous les jours. La routine idéale, en somme. Quand j'étais petite, ma mère était rarement venue me chercher à la sortie de l'école : elle était trop occupée à travailler. Parfois, mes deux parents sortaient le soir, ils s'éclipsaient en douce après m'avoir couchée, et partaient sans rien dire. Une fois, je m'étais réveillée en pleine nuit et j'étais tombée nez à nez avec ma nouvelle baby-sitter, un garçon que je ne connaissais pas, affalé de tout son long sur le canapé, deux immenses jambes rivées en V sur la table basse. J'avais eu tellement honte, toute nue sous ma chemise de nuit en voile de coton, cheveux ébouriffés de sommeil.

Je m'étais promis que je ferais les choses différemment. Je ne serais pas une maman absente. Mais, bien souvent, mes enfants, avec leur énergie débordante, semblaient s'ennuyer en ma présence, comme s'ils auraient préféré que je sois quelqu'un d'autre. Et, dès que je me retrouvais au chômage technique, voilà que je n'étais rien de plus qu'une *femme libérée*, oisive – rien que la maison et moi, à tuer le temps toutes les deux, à compter les heures vides, yeux dans les yeux. Alors je m'étais dit que la fête, au moins, comblerait mon désœuvrement.

L'avant-veille de Noël, je suis allée faire un tour en ville, à vélo, pour acheter quelques provisions supplémentaires. Paddy et Jake étaient restés à la maison ; fond sonore télévisé, lumières tamisées. J'avais emmené Ted avec moi ; sur le siège-bébé, il fredonnait l'air d'une chanson, un long morceau aux paroles sibyllines, bien complexe pour son âge ; mort, résurrection. *Des gens meurent du canceeeeer,* avait-il chanté à tue-tête, sa voix fluette se soulevant sur la dernière syllabe – une bosse sur la route. *D'autres gens meurent des… PROUT !* Il a braillé ce dernier mot tellement fort, l'a fait retentir tellement faux, qu'un couple s'est retourné sur notre passage, juste avant qu'on ne les dépasse. À première vue, de face, on ne voyait pas que je trimballais un gosse sur mon vélo, alors ils avaient certainement dû penser que c'était moi qui beuglais.

Il n'y avait rien, de tous ces préparatifs, qui ne me fasse penser à l'an dernier – inviter une collègue de Jake à notre soirée de Noël, quelle drôle d'idée : c'était bien la première fois, les gens du boulot n'y avaient jamais été conviés. Mais Vanessa habitait dans la même ville que nous, *elle était sur place.* Surtout, elle était nouvelle dans son département, elle venait tout juste de quitter son poste dans une université écossaise pour travailler ici ; il voulait simplement la *mettre à l'aise.* C'étaient les expressions que Jake utilisait, au début, du temps des cafés, des déjeuners, et puis des verres. Il avait fait preuve d'une franchise, d'une transparence absolues, et de bien des manières j'avais retrouvé à ce moment l'ancien Jake, qui avait lui-même soufflé un brin de fraîcheur mielleuse sur ma vie quand je l'avais rencontré, ce roi des caleçons propres à l'époque.

Au supermarché, j'ai attrapé une bouteille dans un rayon, une préparation pour vin chaud, quand une remarque de Vanessa, l'année dernière, m'est soudain revenue : *Ce vin chaud est délicieux, Lucy. C'est une recette maison ?*

Un grand sourire aux lèvres, doigt négligemment entortillé dans une mèche de cheveux, je lui avais alors décrit cet imparable sentiment de victoire – cette impression, chaque année, de réussir un joli coup en organisant une fête qui impliquait un minimum de cuisine, quasiment aucune préparation en amont et très peu de ménage au final. Le message était clair : quelle bien piètre hôtesse je fais ! Mais aussi : il n'y a pas de meilleure hôtesse que moi, parce que je me suis libérée des chaînes de l'esclavage domestique, j'ai triomphé de ce carcan de mes deux. Je n'ai même pas besoin d'en faire des tonnes et tout se passe à merveille. La réponse souhaitée, dans ces cas-là, prend généralement la forme d'un compliment d'usage, quelques mots qui aurait salué mon grand œuvre du moindre effort.

Mais j'aurais dû m'y attendre, et ce, dès l'instant où je lui avais tendu la pomme de l'autodérision. C'était un accord tacite entre femmes, qu'il était convenu qu'elle accepte, même de mauvaise grâce, une offrande qu'elle se devait de prendre dans sa bouche. Or elle l'avait recrachée aussitôt.

Ah, avait-elle fait, avec un léger rictus qui masquait à peine son dégoût. *Je vois.* Une moue dédaigneuse, encore, un bref hochement de tête. Là, j'avais dû trouver une excuse :

Il faut que j'aille vérifier un truc en cuisine, justement…

J'avais filé sans demander mon reste. Vanessa, elle, s'était tournée vers son mari, je l'avais vue pointer du doigt un bouquin sur l'étagère, où étaient rangés ceux de Jake. *Développement des traits caractéristiques chez les espèces dominantes*, sans doute.

Un sujet fascinant… J'étais déjà dans la cuisine, trop loin pour entendre la suite de sa phrase ; je m'étais servi un autre verre de ce breuvage aux épices qu'elle trouvait si délicieux, et j'avais laissé la chaleur envahir tout mon corps, presque une onde de plaisir.

J'ai demandé à Ted de m'attraper quatre paquets de mini-puddings individuels, en sachant bien que lui assigner une tâche diminuerait le risque d'un sentiment disproportionné de privation induisant une démonstration excessive du manque – m'épargnant peut-être le déchaînement bestial d'instincts primaires à même le sol du magasin. Je me fichais bien de savoir que tous les enfants en bas âge traversaient cette phase : les crises de ce genre s'accompagnaient toujours d'une impression d'échec, d'insuffisance maternelle qu'il était impossible de ne pas prendre *personnellement.*

Dans ce monde, il existait pourtant bien des pays où on aimait les enfants, où on valorisait même leur présence dans les restaurants, les boutiques, les cafés. Le simple fait de le savoir suffisait à me convaincre que mon pays ne faisait pas partie de la liste. Depuis mon premier accouchement, ce n'était qu'un long tunnel de reproches et d'attentes de gens extérieurs, sous la lumière de projecteurs, de filtres qui faisaient ressortir le moindre petit défaut, exposait la moindre faille. J'avais fini par m'habituer à la posture que je me devais d'adopter dans ce tunnel : une certaine rigidité dorsale, un regard fuyant. Alors, en remplissant les sacs de courses, je préférais accorder à Ted toute mon attention, excepté quelques coups d'œil, quelques mots adressés à la caissière. J'avais appris de mes erreurs : ne surtout pas lever les yeux au plafond. Meilleur moyen de se prendre une remarque.

J'ai chargé les courses dans mon panier, pris la main de Ted pour l'aider à gravir le petit muret devant le supermarché, l'ai installé dans son siège de vélo. En passant devant la boîte aux lettres, j'ai aperçu un visage familier ; je m'apprêtais à lui adresser un bref sourire sans m'arrêter de pédaler, lâchant à la rigueur le guidon pour lui faire un signe de la main. Mais j'ai entendu mon prénom, et l'ai vu s'avancer dans ma direction : Mary.

J'ai freiné, posé une jambe de chaque côté ; derrière moi, Ted a poussé un cri aigu de protestation.

Comment ça va ? J'ai été surprise de sentir que mon cœur battait à toute vitesse : je me suis retenue de prendre mon pouls, vérifier qu'il n'y avait pas d'incohérence.

Tout va bien pour nous, et toi ? Mary avait répondu du tac au tac, sans même réfléchir. Et moi de même, d'une voix aussi monocorde qu'une employée de banque.

Nous aussi, ça va, la routine habituelle, quoi.

Ça faisait belle lurette que je ne faisais plus attention à cette habitude qu'on avait de parler de nous à la première personne du pluriel, comme si elle, moi – deux femmes, au détour d'une ruelle – pouvions englober tout un monde, êtres extensibles que nous sommes, capables de contenir en nous nos époux, nos enfants. Mais là, ça m'a interpellée. J'y ai songé un instant, tandis que Mary me donnait les dernières nouvelles de ses enfants, me donnait l'impression que leurs vies étaient à la fois difficiles et méritoires, comme si ses gosses étaient des diplomates étrangers plutôt que des élèves de primaire.

Ça fait plaisir de te voir. Moi, la pomme, je la croquais toujours à pleines dents : peu importe qu'elle soit dégueulasse ou pas, je savais y faire comme une pro. J'ai laissé quelques secondes s'écouler avant de me retourner, faire la grogne à Ted ; puisqu'il ne sait pas se tenir, on va rentrer. Mais il ne mouftait plus, non, il suçotait la sangle du siège qui le maintenait attaché au vélo ; il avait même l'air sévère, hyper concentré.

Je ferais mieux d'aller mettre tout ça au frigo – autre tentative de ma part, cette fois j'ai pointé ma tête vers le guidon, vers le panier rempli de provisions, comme si la nourriture allait fondre dans ce froid de canard.

Mary semblait offensée, contrariée, elle tirait une tête d'enterrement, au banc des proches très éloignés.

Lucy, tu sais que tu peux te confier à moi si besoin, hein ? Si jamais… si jamais quelque chose n'allait pas.

Donc elle était au courant. *Eh merde. Crotte de bique. Caca boudin.* J'avais remarqué que, ces derniers temps, je jurais intérieurement comme une enfant ; comme si je devais réapprendre l'usage des mots. Les « gros » mots, eux, sortaient tout seuls de ma bouche comme de la bave de crapaud, ponctuaient mon quotidien au moment de remplir la machine à laver, ou quand je ramassais des poils dans la baignoire.

Oui, oui, bien sûr. Tout va bien – mais euh, merci. Merci ! Ces derniers mots, je les ai criés haut et fort, par-dessus mon épaule, après avoir donné un brusque coup de pédale – le vélo qui vacille avec le poids des courses, Ted qui renchérit d'un cri de surprise.

Sur le chemin du retour, c'est l'humiliation qui m'a envahie, qui pédalait pour moi, sans qui je n'aurais pu tracer ma route. Le feu aux joues – ce coup de chaud dont on parle souvent – mais il s'est ensuivi autre chose, un retranchement de conscience, plus lent, plus profond, un mouvement de retrait, sans le moindre à-coup, comme un tiroir qu'on tirerait jusqu'au bout. Et au lieu du tiroir : un vide, un blanc, un territoire que je n'avais jamais exploré auparavant.

Après mes années de fac, j'ai longtemps tiré un trait sur la harpie. J'ai enterré mes carnets de notes dans des cartons qui n'ont jamais été ouverts, déplacé des fichiers dans les recoins obscurs de mon ordinateur. Je croyais pouvoir m'en débarrasser facilement.

Après tout, tant d'obsessions finissent par nous quitter, et tomber dans l'oubli. Les boys bands placardés sur les murs de mon adolescence. Une collection de petits cochons en porcelaine. Les rangées d'animaux en peluche : regard absent de la plupart, réconfort de certains.

Aucun d'entre eux n'est revenu dans ma vie. Elle seule.

21

J'ai mis de l'ordre dans le salon – partout, je sentais son regard s'attarder sur les moindres détails. J'étais sûre que Vanessa avait dû noter les vieux meubles Ikea d'occasion, elle avait dû deviner que les rares pièces de qualité – un grand tapis, une table en bois massif – avaient été héritées de la famille parce qu'elles ne servaient plus. Elle avait dû remarquer la poussière qui s'était accumulée sur les plinthes – pelage grisonnant aux chevilles de la maison, une embase brumeuse. Elle se dirait sans doute, spontanément, qu'il en allait de ma responsabilité. Je n'avais pas profité que les enfants prennent leur petit déj pour nettoyer les W-C, comme une maman m'avait dit qu'elle le faisait, un jour, à la sortie de l'école.

Vous avez vraiment une jolie maison, m'avait dit Vanessa l'année dernière, ses doigts si délicatement enroulés autour de son gobelet en carton texturé qu'elle semblait ne pas vouloir y toucher. Ses ongles manucurés – dix arcs de cercle rose poudré, ceints de liserés blancs. Un brushing impeccable ; une coupe qui, sans être tendance, ne manquait pas d'élégance, encadrait son visage de deux virgules symétriques comme pour mieux flatter la perfection génétique de ses traits.

Il doit vraiment y avoir un truc pas normal, pour qu'il la trompe avec une femme plus âgée. C'était certainement ce qu'ils devaient se dire, tous autant qu'ils étaient. En fait, peut-être bien que j'aurais dû être fière de Jake, pour avoir pris à ce point le contre-pied des préjugés. Au moins, ce n'était pas comme s'il avait couché avec une de ses étudiantes, au corps ferme et à l'esprit déluré, une fille qu'il m'aurait fallu considérer avec un air de dédain faussement maternel. L'écart d'âge, là, était conséquent. Elle faisait partie de la génération à qui, soi-disant, tout avait souri : cette génération à qui tout avait été servi sur un plateau, et qui n'en avait pas laissé une miette.

Quand Vanessa m'avait complimentée sur la maison, j'avais clarifié immédiatement, un peu honteuse, une assiette de pudding dans la main : *J'aimerais bien vous dire que c'est la nôtre, mais nous ne sommes que locataires.*

Non mais pour qui m'étais-je fait passer, à parler de la sorte ? *Quelle conne !* J'ai prononcé ces mots tout bas, un coup de pschitt sur la table basse, puis de chiffon pour effacer les traces sur le plateau de verre. Je ne savais pas à qui je les adressais, mais ils sonnaient bien en bouche, sur ma langue, comme un baiser un peu humide. *Conne* était le mot le plus approprié, voilà ce que j'avais appris lors d'un cours d'autodéfense à l'université ; quitte à devoir en choisir un, c'était le plus féministe.

Du latin *cunnus*, gaine, fourreau. Vouloir recouvrir l'épée d'un homme, un désir qui nous avait précédées, apparemment. À la même époque, j'avais croisé un type au pub – il m'avait soutenu que l'égalité des sexes était impossible tant que ce serait l'homme qui tiendrait le rôle actif dans un rapport sexuel, le membre qui *pénètre*, tandis que la femme *est pénétrée*. J'avais tenté de lui expliquer qu'une femme pouvait tout aussi *activement* recouvrir un homme, mais il ne semblait guère convaincu. Il y a quelques années déjà, le débat semblait avoir tourné court d'avance – des mots, rien que des mots, zéro changement.

Jake avait emmené les garçons au parc pour une partie de football, le temps que je range la maison. Un soir, la semaine dernière, tous deux assis sur le canapé, il avait supprimé Vanessa de ses contacts, effacé tous ses messages. Sur le coup, il m'avait semblé que ce n'était pas rien, de voir son nom dégager de l'écran, voir que toute trace de sa présence pouvait simplement disparaître.

En accrochant une boule de Noël au-dessus du manteau de cheminée, j'ai eu une vision : la photo de profil de Vanessa, les mêmes tons colorés, son visage déformé, comme sous l'effet loupe d'un fish eye. Ses lèvres pulpeuses, une bouche *généreuse* lorsqu'elle souriait, démesurément grande lorsqu'elle riait. Une bouche à – J'ai secoué la tête. *Beurk !* Et cette sensation à nouveau : la honte, aussi corrosive que l'acide, l'estomac qui tangue, bascule, s'engouffre dans un vide qu'on croyait disparu. Je ne voulais pas d'autre enfant, mais voilà que je me rappelais exactement ce que ça faisait, d'être enceinte : être prise, *emprise*, et de plein gré. J'avais été – depuis mon premier test positif de grossesse – heureuse d'être habitée, *possédée*, j'avais adoré avoir un invité chez moi, en moi, vingt-quatre heures sur vingt-quatre, sept jours sur sept. Une présence silencieuse, un complice sensoriel, compagnon de tous les instants, avec qui voir le monde.

22

Les invités se succédaient à la porte, je scrutais chaque visage, comment savoir si eux savaient, le moindre geste était sujet à interprétation. Untel se servait un verre comme ci, Unetelle enlevait son manteau comme ça. Analyser leurs questions :

Comment va la petite famille ? Quoi de neuf ? Alors, ce trimestre ?

Des questions banales, en fait, des questions rompues à l'habitude, vides de sens. Je m'efforçais de rester occupée, de m'affairer, à droite, à gauche, me concentrer en sortant les puddings du four, surtout ne pas me brûler. Debout au milieu du salon, Jake semblait quant à lui parfaitement à son aise, il se marrait avec deux autres footballeurs, de l'équipe amateur du jeudi soir. Il avait mis l'une de ses plus belles chemises, en velours bleu marine, retroussé ses manches, le feu qui dansait dans la cheminée lui avait sans doute donné chaud.

Avant-bras trapus, robustes – la partie du corps que j'avais toujours préférée chez un homme, même si, chez Jake, elle était associée à une pilosité claire, éparse. J'aimais mieux les poils bruns, drus, crayonnés au fusain, que je voyais comme une épaisse forêt de sapins, un penchant irrationnel qui me venait sans doute des contes de fées que j'avais lus enfant. Pulsion scopique irrésistible – au café, une aire de jeux, dans un train, il m'était impossible de détourner les yeux. Apercevoir une toison charbonneuse, entre le repli d'un coude, le bracelet d'une montre. Une pulsion qui m'avait fait comprendre que certains hommes puissent concevoir le corps des femmes en pièces détachées, dissocier les seins, les lèvres, les jambes en autant d'objets distincts.

L'un des hommes – Antonio, père de trois enfants – avec qui discutait Jake : exactement mon type de pilosité. Les poignets recouverts d'une densité soyeuse, au revers de ses manches. Je suis allée leur proposer une douceur – pudding, *mince pie* – et j'ai attendu que chacun se soit servi, que chacun ait dans la main son petit gâteau dans sa barquette d'alu brûlante. Antonio l'a porté à sa bouche sans attendre : là, une grimace qui voulait dire trop chaud, il l'a prudemment éloigné de ses lèvres, et nos regards se sont croisés. Tous les deux, on se connaissait un peu mieux que la plupart des autres invités ; à la faveur d'une autre soirée, des années auparavant, où Antonio, complètement soûl, s'était mis à pleurer sans pouvoir s'arrêter. Une étrange soirée d'été ensoleillée, hors du temps – ma main sur son bras, ses joues mouillées de larmes.

C'est sans doute pour cette raison que ça m'a sauté aux yeux, quand il a croisé mon regard : il était au courant. Il cherchait à savoir comment je gérais la situation. Peut-être se demandait-il comment je faisais pour me tenir là, droite comme un piquet au milieu du salon, dans cette jolie robe rouge. J'avais mis des talons : je m'étais même coiffée. Du fond de teint, du mascara, du rouge à lèvres. Le genre de détails qui, d'ordinaire, sur une femme et en ces circonstances, ne se remarquent que par leur absence. L'une de nos voisines, Frankie, par exemple, s'était pointée en combo jean tee-shirt, elle avait jardiné toute la journée dans cette tenue, et tout un pan de la cuisine embaumait sa transpiration.

De mon côté, j'avais fait l'effort de m'habiller, un effort qui n'échapperait pas à Antonio. J'étais sûre qu'à me voir avec mon plateau de Noël entre les mains, il devait se demander comment je pouvais tenir le coup. Le moment était venu de prendre congé. M'enfermer dans les toilettes, et respirer un bon coup. Et si les larmes venaient, les laisser se dissoudre dans l'eau du robinet. Mains sur la gorge, contenir un cri, si besoin. Mais, trop tard, quelques femmes, des mamans de l'école, faisaient déjà la queue près de la porte des W-C.

Vachement plus vieille, apparemment. La cinquantaine, t'imagines ! Tu m'étonnes… si John osait…

J'ai voulu tourner les talons – n'était-ce pas l'expression consacrée, pour un revirement hâtif, un brusque demi-tour ? Mais voilà, j'étais perchée sur douze centimètres. Rien ne servait de courir, je n'avais plus qu'à prendre mon mal en patience ; au mieux, faire tapisserie en espérant passer inaperçue.

Pourquoi ils ont maintenu cette soirée ? Je ne sais même pas comment…

C'est à ce moment-là que Mary m'a vue : les mots étaient déjà sortis de sa bouche. Elle y a plaqué une main, comme pour les empêcher de retentir trop loin. Son visage s'est décomposé instantanément, du tout au tout, un geste et c'était soudain Jean-qui-pleure qui succédait à Jean-qui-rit – au revoir, passion dans le regard, expression jubilatoire, faux airs d'excitation, le feu aux joues, cette bouche bée. Une volte-face vibratoire, sans transition : ses cheveux brillants étaient soudain bien ternes, pupilles dilatées, rétractées, bonjour grise mine qui faisait peine à voir.

Ah, Lucy, on était justement en train de… de se demander – ça va ? Comment tu vas ?

Elle m'a tendu un bras, comme pour m'y bercer. Une mère – Mary avait quatre enfants – offrant du réconfort, une oreille ou un sein à qui se confier. À ce moment-là, un type est sorti des toilettes : ni une, ni deux, j'ai zappé la queue – j'avais même déjà refermé la porte derrière moi quand je leur ai répondu.

Ça va, merci – je reviens de suite !

J'ai laissé bruyamment retomber la cuvette, entendu s'éloigner dans le couloir quelques derniers murmures de fond sur le ton du remords, et l'écho du scandale encore retentissant.

Chacun, chacune de nous éprouvait sa version personnelle de la parentalité, un état d'être au monde dans lequel il ne se passait jamais rien. On mettait la télé en continu pour se rappeler ce que c'était, vivre une vie de surprises et de rebondissements, une vie qui pouvait basculer à tout moment. Dans notre réalité, l'arrivée d'un enfant avait fait tout basculer, et ce n'était pas rien. Mais nos enfants n'étaient, pour la plupart, plus des bébés, et nous nous remémorions l'époque des couches-culottes avec une sorte de déférence silencieuse, celle des personnes âgées quand elles évoquent *la guerre*, nos yeux tout embués au souvenir de cette atmosphère si particulière, de cette réalité voilée, nébuleuse, où temps et espace se confondent.

Dorénavant, la majeure partie d'entre nous avaient mis leur carrière *entre parenthèses*, ou s'étaient engagés dans la voie du mi-temps longue durée, avaient revu leurs prétentions salariales à la baisse. Quelques années devant nous, encore, avant les premiers divorces, qui finiraient par tomber en cascade, quand nos enfants deviendraient des ados, quand leur rébellion nous rappellerait, sous des formes physiologiques, inévitables, un état d'être au monde dans lequel il se passe encore quelque chose. Pour l'heure, nos familles tenaient bon. Dans notre monde, la majorité des époux occupaient des postes grassement rémunérés, et voyageaient beaucoup. Et leurs épouses, pourtant bardées de diplômes pour la plupart, se devaient d'être de toutes les sorties scolaires, et de compter les jours, jusqu'à ce que leurs hommes rentrent de Stockholm ou de Singapour. Quand l'inattendu faisait irruption dans nos vies – une maladie, un décès, un divorce –, c'était toujours vécu comme une chute de météorites, une perturbation cosmique.

Je croyais me souvenir d'une période où j'avais connu ça, dans mon enfance, une certaine stabilité uniforme, les journées qui se suivent et se ressemblent toutes, ou presque. Petite, déjà, dès l'école primaire, certains événements m'avaient marquée : un jour, le père d'une de mes amies s'était tué d'une balle dans la tête. Chez lui, dans son bureau. J'ignore pourquoi, c'était le lieu du suicide qui m'était resté en tête ; sans doute que ma mère avait dû me le raconter. À l'école, des chuchotements de sympathie s'ensuivirent, *pauvre Vicky*, cette impression de vivre une profonde tragédie. À la maison, un côté sombre, des accès de colère, bavures incrédules teintées de médisance. *Sale égoïste*, je me rappelle avoir entendu. Je me rappelle le carrelage de la cuisine et cette expression, deux éléments en fusion – volute jaune d'un motif fleuri, égoïste, carreau de mosaïque sale.

De l'autre côté de la porte des W-C, j'ai entendu la musique changer soudain de registre, on passait aux chansons de Noël. Mary s'époumoner, pour savoir si on ne devrait pas réchauffer le vin chaud. Je l'ai entendue m'appeler, une fois, pas deux – un chut, chut, l'avait fait taire. J'avais mon verre de vin chaud avec moi – il avait suffisamment refroidi – et je l'ai sifflé d'un trait. J'ai fait pipi, même si je n'avais pas vraiment envie, histoire de faire quelque chose, soulager mon corps de l'intérieur, un peu. Je me suis levée, regardée dans le miroir. Si je m'aspergeais le visage, mon fond de teint ne tiendrait pas. Mon mascara coulerait. Alors j'ai passé index et majeur sous l'eau froide, puis sous mes yeux – fraîcheur apaisante, absolue.

Une prise de conscience : je faisais tout pour qu'on croie que j'avais pleuré. En tout cas, c'était ce que moi – et les autres, assurément –, je pensais faire ici, enfermée à double tour dans les toilettes. En fait, j'étais plus d'humeur à me désaper, prendre une douche, y rester des heures, m'emmitoufler ensuite dans une serviette, peau douce et fripée comme du papier mâché. D'ici là, tous les invités auraient débarrassé le plancher.

23

Quand je me suis enfin aventurée hors des W-C, une demi-heure plus tard, peut-être, la fête avait pris une tout autre tournure. Les gens qui étaient encore là – pas de trace de Mary ni d'Antonio – étaient tous bourrés. Finies, les chansons de Noël, quelqu'un avait mis une playlist spéciale « années 90 », un rideau nostalgique semblait s'être abattu sur la maison, les murs traversés d'une onde douce-amère irrattrapable.

Fumeurs dans le jardin, conversations animées, éclats de voix aiguës, presque enfantines. Sans doute avaient-ils oublié que leurs baby-sitters les attendaient à la maison, et que leurs bambins ne manqueraient pas de venir squatter leur lit au beau milieu de la nuit, le front brûlant. Les adultes se croyaient encore dans ce périmètre autorisé de leur vie où le temps ne connaissait aucune limite précise ni impératif absolu.

Jake n'était pas là. J'ai passé en revue les différents groupes de discussion, plusieurs fois, histoire d'être sûre, mais bon, autant chercher midi à quatorze heures. Je n'ai adressé la parole à personne ; ils étaient trop ivres, jacassaient trop pour faire attention à moi, de toute façon. J'ai marché jusqu'au fond du jardin, me suis assise sur le vieux banc en bois tout pourri, l'ai entendu craquer sous mon poids. J'ai ôté mes talons, senti l'herbe humide à travers mes collants. Devant moi, le pré était trempé de noir, le ciel fourmillait d'étoiles. La maison était plongée pour moitié dans la pénombre, à l'étage, ses fenêtres, aveugles, volets clos. Du mur de la cuisine, sur la façade extérieure, des nuages de vapeur s'échappaient de la bouche d'aération, comme un soupir d'agacement, un souffle d'exaspération.

Ça remuait pas très loin, un rongeur, j'ai cru d'abord, et puis un bruit sans équivoque. Des gémissements, des onomatopées confuses. Un bruissement régulier, cadencé. Je me suis approchée de l'abri de jardin, par-derrière, sûre et certaine, durant ces trois secondes, de ce sur quoi j'allais tomber. Il avait réussi à la faire entrer en douce, dans notre maison, notre jardin, il était en train de se la taper à quelques mètres de là où dormaient nos enfants. J'ai senti une montée de rage, au quart de tour, un pic de tension grimper en flèche. Je me suis hissée sur la pointe des pieds, j'ai crocheté mes doigts pour m'agripper où je pouvais. Mon esprit turbinait plus vite que jamais, dérapait d'une pensée à une autre, les freins avaient lâché, le mental tournait à mille à l'heure, prêt à battre en brèche.

Mais le méli-mélo de fringues derrière l'abri de jardin n'avait rien à voir avec nous. Mary, sa robe en soie relevée jusqu'à la taille, son bassin ondulant par intermittence, les coups de reins mal assurés de son mari, qui n'était manifestement pas multitâche. Lui avait plus l'air de faire un atelier DIY avec deux mains gauches que *l'amour* à sa femme, mais tous deux n'en démordaient pas ; elle, le visage enfoui dans son cou, à pousser de petits soupirs dociles de plaisir.

J'ai trébuché en arrière, retenu un cri. Ce n'était pas si drôle que ça – sans pouvoir partager ce que j'avais vu avec quelqu'un. Mais l'envie était trop forte : j'exultais, j'étais comme une petite fille qui ne tenait plus en place, incapable de garder un secret.

En me rapprochant de la maison, j'ai aperçu une silhouette se détacher en filigrane des troupeaux de fumeurs et s'avancer vers moi.

Je peux savoir pourquoi tu rigoles ? C'était Antonio, mains dans les poches de son jean, manches retroussées. J'ai senti quelque chose se serrer malgré moi, à l'intérieur, mon cœur se soulever ; j'ai baissé les yeux, comme si mes paupières suffiraient à me cacher.

Pour rien. J'ai secoué la tête. *Par contre, je te déconseille de t'approcher du cabanon.*

La plupart des gens ne toléreraient pas ce mensonge, continueraient de poser des questions jusqu'à me faire cracher le morceau. Mais Antonio s'est contenté de faire la moue tout en haussant les épaules, comme s'il avait deviné de quoi il retournait, un peu impressionné tout de même. Il a sorti un paquet de cigarettes, j'en ai pris une, me suis penchée vers lui pour qu'il me l'allume.

Je ne savais pas que tu fumais.

Je ne fume pas, ai-je répondu en tirant une longue bouffée.

Il a hoché la tête, avec un sourire ; on a tous les deux détourné les yeux sans un mot vers le ciel. Nos bras se sont frôlés comme deux amis, deux spectateurs d'un son et lumière pas très palpitant. *Une nouvelle fenêtre de tir ?* Ça méritait réflexion. Un autre homme, un ami de Jake. Un moyen tout trouvé de lui faire du mal. Avec un peu de chance, je prendrais même mon pied. Je me suis imaginée, entraînant Antonio dans la contre-allée, là où personne ne pourrait nous voir, mes mains autour de son cou. Je pouvais presque sentir ses doigts glisser le long de mon ventre, puis à l'intérieur de moi. Quelques pas à reculons, et on buterait contre les poubelles, la poubelle de tri, la bleue…

Un petit rire m'a échappé sans le vouloir, un hoquet de fumée dans l'air glacé.

Qu'est-ce qu'il y a ? Il ne regardait plus le ciel.

Rien. J'ai expiré lentement. Il me fixait toujours, insistant, l'intensité de son regard me picotait les joues.

Alors je suppose que ça va, il a fini par dire. *Après... après tout ce qui s'est passé.*

Donc il était au courant, ça ne faisait plus aucun doute. Tout le monde était au courant. J'ai pris une autre bouffée de cigarette, une seconde de trop – afflux sanguin chimique, poumons qui se gonflent d'un coup. Pourquoi c'était moi qui me traînais toutes les casseroles ? Jake avait commis un adultère, mais la mauvaise image, c'était pour ma pomme. Je n'étais rien d'autre qu'une femme au foyer, en fait. Une ménagère qui n'avait rien accompli. Aucun livre signé de son nom dans la bibliothèque du salon. *Pas étonnant qu'on lui soit infidèle.*

De son côté, pendant toute la soirée, Jake avait semblé détendu – et qu'il riait avec ses amis, et qu'il passait une main dans ses cheveux. J'ai songé une dernière fois à tenter un truc avec Antonio. Mon petit doigt me disait qu'il se laisserait prendre au jeu. Mais Jake : qu'est-ce que ça pourrait bien lui faire ? Il n'avait jamais été jaloux. C'était tout juste si je l'imaginais hausser les épaules – je le voyais même sourire en coin.

Tant mieux pour toi, Luce, voilà ce qu'il me dirait ; ça lui en toucherait une sans faire bouger l'autre.

24

Quand Antonio et moi sommes rentrés, les gens commençaient à partir, et ils avaient tellement picolé qu'ils en avaient oublié leurs bonnes manières :

Il est où, Jake ? Dis-lui d'aller se faire foutre, si tu veux (ces mots-là chuchotés tout bas). *Quel connard. Les enfants sont au courant ?*

Lever un sourcil circonspect à cette question. *Évidemment que oui*, me suis-je imaginée répondre. *Bien sûr qu'on a tout raconté à Paddy et Ted, bien sûr qu'ils savent que mon mari se tape une de ses collègues, à l'hôtel, après le boulot. On leur a même raconté la fois où papa avait baisé dans les toilettes du train ! Génial, non ?*

Bonne nuit, voilà ce que j'ai dit, plutôt. *Rentrez bien, à bientôt* ; un modèle de courtoisie, je prenais mon rôle d'hôtesse à cœur, j'avais sincèrement l'air triste de les voir partir.

Mary était la dernière à quitter la fête ; sa partie de jambes en l'air l'avait toute dégingandée, elle était encore dans un état second, comme si elle était restée debout toute la nuit à cause d'un bébé qui faisait ses dents. D'ailleurs, je l'avais déjà vue dans cette autre position compromettante : c'était tout à fait ça, cheveux en bataille, vêtements de travers. Une fois Mary partie, j'ai refermé la porte, éteint la lumière, tourné le verrou, avancé dans le couloir sans même jeter un œil aux restes des festivités qui jonchaient le sol çà et là, sans m'arrêter au passage pour ramasser un verre ou un morceau de pudding.

Je suis montée à l'étage ; j'avais dit à tout le monde que c'était là que se trouvait Jake, *il se repose un peu.* En passant devant la porte ouverte de la salle de bains, j'ai vu par la fenêtre le pré retombé dans l'anonymat nocturne se confondre avec le ciel, vaste étendue noire qui s'étirait sans heurt jusqu'au matin. J'ai pensé que, si Jake n'était plus là, je pourrais faire le dos rond plus facilement ; à l'image de cette vue dégagée, j'aurais le champ libre, j'irais de l'avant.

Dans notre chambre, tous feux éteints, Jake n'en demeurait pas moins bel et bien là, couché sur le lit en chien de fusil. Je savais très bien qu'il ne dormait pas : son souffle était imperceptible, un grésillement dans l'air, toute la pièce crépitait de l'hypervigilance de celui qui avait cherché le sommeil sans le trouver.

Quelle soirée.

J'ai soupiré, et je me suis effondrée sur le lit.

Plus jamais, d'accord ?

Ma voix était calme, posée. Je savais que j'avais déjà dit ça, après d'autres fêtes de Noël, certaines années. Jake s'est retourné vers moi, j'ai vu qu'il n'avait pas quitté sa chemise et son jean. Sans doute était-il surpris de m'entendre dire ça. Pas d'obscénités, pas d'accusations. Encore mieux : j'avais fait référence à l'avenir. Ces derniers temps, il était interdit de penser au futur. Dans l'état actuel des choses, notre réalité s'apparentait à une version névrosée de la pleine conscience : le futur n'existait pas, le présent était tout aussi infini que le passé, ressassé en boucle, rempli de mensonges, de demi-vérités, d'une dizaine de versions de la même histoire.

Grave, a répondu Jake. *Plus jamais de la vie. À la fin, j'en pouvais plus.* Ses deux mains formaient un petit oreiller sous sa joue ; dans la semi-obscurité, la peau de son visage semblait parfaitement lisse, d'un éclat presque sourd, pareil à la surface d'une étoile lointaine.

J'ai surpris Mary et Pete en pleine action derrière le cabanon. Jake a éclaté de rire, et moi aussi. Ça faisait un petit moment que nous n'avions pas ri ensemble. Il faut dire que nous n'avions plus vraiment de quoi rire, jusqu'à maintenant. Il a tendu un bras vers moi, comme s'il cherchait à poser sa main sur mon épaule. J'ai eu un brusque mouvement de recul, un sursaut spontané, un geste excessif, confus ; l'effet du vin chaud se faisait sentir, sans doute que les petits fours et les mignardises n'avaient pas suffi à éponger le vin.

Non. J'ai été prise d'un léger tremblement, comme si la distance n'était pas suffisante entre nous, comme si mon corps me disait de m'écarter encore un peu.

S'est ensuivi un long silence, moi, assise sur le rebord du lit, mes pieds qui effleuraient à peine le sol, Jake qui s'était tu, toujours allongé sur le flanc. J'ai réalisé qu'en fait j'attendais qu'il se décide à descendre au salon, à déplier le canapé. Je voulais me laisser de nouveau traverser par le vide dans cette chambre. Je voulais me reposer, moi aussi. Alors je n'ai rien dit non plus, et j'ai fini par entendre les ressorts du matelas couiner. Jake s'est levé.

Je t'ai vue, hein, dans le jardin, avec Antonio. Il a éclaté de rire, un rire bref, cette fois. *À quoi tu joues ?*

Il me semblait qu'il n'y avait aucune réponse à cette question, je n'étais pas celle à qui la poser – il aurait très bien pu me demander quand aurait lieu la fin du monde, ou s'il allait pleuvoir dans un mois, ç'aurait été du pareil au même. J'ai songé à tous ces yeux braqués sur moi pendant la soirée, à cette façon qu'ils avaient de me dévisager. Et lui tout ce temps à se planquer dans la chambre. Il n'avait même pas honte, apparemment. Il était resté tranquille, hors d'atteinte, et il s'imaginait qu'il pouvait me toucher.

J'étais à deux doigts de me lever, rugir de rage, cracher ma colère. Mais non : je l'ai regardé droit dans les yeux.

Je crois que je ne le laisse pas indifférent. D'ailleurs, peut-être que…

Un autre silence, qui m'a semblé durer une éternité, alors qu'en réalité il avait dû s'écouler quelques secondes.

T'es sérieuse ? Ça m'étonnerait, Luce. Lui et Jen sont très heureux ensemble.

Jen, une blonde hyper souple fana de yoga, qui avait pondu leurs trois enfants sans effort, sans altération notable sur son corps. *Évidemment.*

Tu crois que je suis incapable de faire ce que tu m'as fait, Jake ? Hein, c'est ça ? Tu crois que je vais rester ici à la maison à pleurnicher, à m'apitoyer sur mon sort ?

Tu sembles de plus en plus douée pour ça, on dirait. Le voilà qui passait la porte, maintenant, il me laissait en plan ; pile au moment où j'aurais voulu qu'il reste, où j'aurais voulu me jeter sur lui et le rouer de coups, de coups, de coups. Lui dégommer la poitrine. J'aurais voulu faire un truc – n'importe quoi – pour me débarrasser de ce qui se tramait à l'intérieur de moi à cet instant : un trop-plein de bile, une telle effusion belliqueuse qu'il semblait impossible qu'une seule et même personne puisse en contenir autant, tellement c'était trop. Une profusion irascible intarissable, une vidange venimeuse qui exsudait tous les pores de mon corps, qui se déverserait dans la maison, emporterait les meubles, engloutirait le monde.

Une harpie, qu'est-ce que c'est ? C'est précisément la question que je n'ai jamais cessé de me poser, encore et encore.

On la disait contre nature. Autres épithètes : Ravisseuse, Putréfiée, Bourrasque, Vole-Vite, Ailes-Agiles. Affreuse. Affamée. Infâme.

25

Les heures qui ont suivi, c'était moi qui ne pouvais plus dormir, à croquer le marmot, sans bruit, dans la maison. *À quoi tu joues ?* semblait me dire cette dernière aussi, me renvoyant les mots de Jake en écho. Mais à ce toit, à ces murs, il m'était plus facile de formuler une réponse. Ma main effleurait le plan de travail, se fendait d'une caresse sur le double vitrage, tout en délicatesse, frôlait du bout des doigts l'épaisseur des parois. Je connaissais cette maison comme ma poche.

Je savais exactement où se retrouver dans la même pièce que les voisins, suivre leur conversation de A à Z, toujours passablement ennuyeuse, comme s'ils se savaient sur écoute. Je savais cette atmosphère si particulière dans la chambre des garçons, je savais qu'on n'y respirait pas le même air en leur absence ; leur empreinte, à l'odeur, sur chaque objet, se déposait dans chaque recoin comme la poussière.

Et en retour, la maison, elle, me voyait telle que j'étais. Pas telle que j'étais devenue : une nana lambda entre deux âges. Non, non, pas ça.

À notre petit jeu, tu te rappelles ? j'ai murmuré à voix haute. *Je ne peux pas rester sans rien faire.*

Car non, je ne pouvais pas attendre la fin des vacances de Noël, en fait : c'était une illusion passagère, un trompe-l'œil enguirlandé de couleurs, des paquets cadeau bien jolis mais bien vides.

Je me suis faufilée jusqu'au salon en me faisant aussi discrète qu'une souris en chaussettes – Jake avait le sommeil très léger –, le parquet grinçant sous mes orteils. Doucement, j'ai fait glisser son téléphone sur la table basse. Jake le mettait toujours en mode avion pour dormir. Il était tellement plus raisonnable que moi, il ne traînait jamais sur les réseaux sociaux, n'ouvrait jamais d'e-mails en plein milieu de la nuit. Il a remué un peu, changé de position, insufflé des non-sens dans l'air déjà dense, l'air déjà lourd de son sommeil, de ce souffle nocturne typiquement masculin.

J'ai joué la fille de l'air, sur la pointe des pieds, poing serré, le téléphone suintant déjà de sueur dans le creux de ma main.

La harpie est une voleuse hors pair.

On l'envoie toujours faire œuvre de disparition : son rôle est de soustraire l'existence même des choses. Subtiliser objets de valeur, famille, enfants, extorquer le contenu de leurs assiettes, leur couper littéralement l'appétit.

Telle une brusque rafale, elle surgit de nulle part : elle fond sur sa proie, confisque le hasard.

C'est la deuxième fois. Non loin dans le quartier, une autre fête de Noël bat son plein, c'est le bouquet final. Des feux d'artifice amateurs, tirs saccadés, flashs intermittents sur fond noir, ponctués d'arbres nus.

Le jardin, le pré, habillés de silence : le monde endormi, d'un sommeil de plomb, et les veilleurs de nuit, qui mettent le feu aux poudres pour rallumer le ciel.

*

* *

Je reste assise là, pendant quelques minutes, à contempler cette symphonie étincelante : je me garde bien de faire quoi que ce soit. Je n'essaie même pas d'entrer le code pour déverrouiller le téléphone de Jake. Il est toujours dans le creux de ma paume, inerte, comme un gros galet qui aurait été poli, érodé par le temps et les flots.

La cuisine est plongée dans une obscurité totale, mais bientôt des éclairs stroboscopiques viennent blanchir, toutes les deux, trois minutes, le frigo, mes jambes, le rebord de la fenêtre et son petit pot d'herbes aromatiques. Des applaudissements, au loin, et puis un autre cri, un râle d'agonie, ce mugissement plaintif que certains ados font à certaines heures tardives.

J'accueille chaque nouvelle explosion lumineuse comme une bénédiction, comme un cadeau du ciel, et la seconde d'après je n'entends plus qu'un signal d'alarme, je ne vois plus que des feux de détresse. On saura bientôt, au pied du sapin, si les enfants ont bien été sages.

Dans ma main, je retourne le téléphone, lueur constante de l'écran si différente des fulgurations lumineuses dans le ciel – presque bienveillante. Jake a reçu un texto de sa mère, mais je ne peux en lire qu'un aperçu : l'écran est toujours verrouillé. Je tente différentes combinaisons de chiffres : sa date de naissance, celle de Paddy, de Ted. La date de notre mariage, tant qu'à faire.

Une seule tentative restante, m'informe le téléphone – une trace d'humanité dans ces mots-là, dans le noir, les seuls qui me tiennent compagnie.

09/10/84. Mon anniversaire : mon droit d'accès au téléphone, à toutes ses fonctionnalités, à mon entière disposition. Pendant quelques secondes encore, je ne fais strictement rien, je laisse cet instant s'appesantir, j'en prends la pleine mesure. Je suis fatiguée, mes paupières sont lourdes. Je songe à rejoindre mon lit, à trouver le sommeil, ne serait-ce que pour une ou deux heures. Je pourrais très bien reverrouiller aussitôt le téléphone et le reposer à côté de Jake qui dort à poings fermés.

Jake qui dort du sommeil du juste, Jake qui dort comme un bébé. Je pense à ces femmes, pendant la soirée, à Mary, à son expression quand elle m'avait interpellée dans la rue. Et Antonio : c'était de la pitié, pas du désir, je m'en rends compte maintenant, je revois l'indulgence de son regard envers moi, en pensées.

*

* *

J'ouvre l'application photos, je les fais défiler et, pendant un petit moment, rien. Enfin, si : les garçons, nos garçons, les pétales florissants de leurs frimousses, leurs pantalons qui, mystérieusement, rétrécissent, courbe de croissance inversée, des plantes redevenues toutes petites pousses en accéléré sur l'écran, des bancs de l'école jusqu'à ces jours bénis où ils suçaient encore leur pouce. Avions-nous seulement réalisé, à l'époque, à quel point nos enfants étaient beaux ? En avons-nous conscience désormais ?

Ce sont des larmes, à présent, qui gouttent sur l'écran – *waterproof*, m'avait dit Jake, quand il l'avait acheté. *Immersible jusqu'à dix mètres de profondeur.* À ce moment-là j'avais imaginé Jake en combinaison de plongée, dans les eaux claires de la mer Égée, palmer gracieusement des pieds vers les fonds marins, le téléphone dans le creux de ses mains.

J'essuie d'un revers de manche la buée qui s'est formée sur l'écran, j'expire un frisson puissamment par la bouche, le rends à mes humeurs aqueuses, mes intempéries lacrymales. Aucune photo. Aucune preuve.

Et puis là, sous mes yeux – ce qui ne pouvait en être autrement. Un dossier. Intitulé *Photos Boulot.* Ultimes secondes d'espoir, durant lesquelles je me figure des abeilles, sous l'œil du microscope : leurs alvéoles remplis de miel, leurs minuscules pattes duveteuses, leurs ailes figées à jamais.

La réalité est tout autre : comment décrire ce que je vois ? Je vais mourir, je ne serai bientôt plus de ce monde, ma vie prend fin, je le sens, la fin du monde des livres pour enfants, le gouffre abyssal de la dernière page, me voilà ensevelie sous une avalanche. Je vois Vanessa, et Vanessa, et Vanessa encore, et Jake, puis Jake et

Vanessa, Jake, Vanessa et Jake. Elle est nue, ça va de soi, ou alors en soutien-gorge, en culotte. Lui torse nu, puis seul, à poil, seul avec elle.

J'inspire. J'inspire, j'expire, mes poumons se gonflent d'air et se dégonflent. J'essaie surtout de ne pas respirer trop vite, surtout ne pas hyperventiler. Ce serait bien la dernière chose à faire. Je sélectionne une photo : c'est Jake qui photographie, ils sont nus, ils s'embrassent, leurs corps comme un seul et même corps, syncrétisme sordide coupé à la taille, selfie en vue plongeante.

Je clique sur le petit carré, la petite flèche. J'en tremble, mais c'est du pareil au même. Le petit carré et la petite flèche. Lignes de mire – en joue – feu.

Plusieurs options : la première, originale, par e-mail. Mon choix est fait, je ne retiens pas mon doigt sur l'écran, c'est plus fort que moi : un geste mécanique, la mémoire corporelle en action, c'est comme faire du vélo, ça ne s'oublie pas. Je n'ai qu'à entrer une seule lettre – p – pour que les destinataires s'affichent : professeurs@. Un jeu d'enfant. *Envoyer. Message envoyé.*

Annuler l'envoi ? me propose le téléphone, c'est bien aimable. *Annuler l'envoi.* Mais je n'annule rien du tout. Je laisse le message partir. Je sème le vent.

TROISIÈME PARTIE

Quand tout le monde sera au courant, on dira qu'on l'avait vu venir, j'en suis sûre.

On se souviendra de mes exploits, et on les racontera : cette fois où je m'étais moquée d'une camarade de classe parce que ses collants plissaient aux genoux ; où j'avais éclaté de rire en la montrant du doigt, regardez comme c'est drôle. Les amoureux éconduits, ceux que j'avais plaqués. Les effusions de haine déversées dans mon journal intime.

Ce n'est pas venu du jour au lendemain, elle a toujours été comme ça, *voilà ce que les gens diront, pour ne pas voir la vérité. Car ils n'en savaient rien du tout.*

26

C'était un début de printemps magnifique, tout en délicatesse, comme je n'en avais plus connu depuis les mois qui avaient suivi la naissance de Ted. Cette année-là, j'avais pensé que jamais plus je ne reverrais la beauté en ce monde. L'hiver s'était éternisé pendant plusieurs années, telle une spirale sans fin de nuits blanches, de journées surchargées, moribondes, somnolentes. Dans le cas du premier, s'occuper d'un nouveau-né revenait à n'être qu'une amnésique sur pilotage automatique ; tout à fait disposée à n'être, des mois durant, qu'une vache laitière, à trouver du plaisir à torcher un bébé, sentir le lait s'écouler de mes seins. Mais pour le second, je n'en menais pas large.

La cicatrice de ma césarienne s'était infectée, sécrétait tant de pus que j'étais certaine que mon corps allait s'ouvrir en deux, exposer mes entrailles à la vue de tous. Il m'était difficile d'accepter que tant de gens m'aient ainsi vue de l'intérieur, du dedans : le chirurgien, son assistant, l'assistante de l'assistant. Eux avaient pu m'observer sous un angle qui me serait toujours inconnu, ils connaissaient la nature précise, indéfiniment personnelle, de mes organes, leurs bizarreries formelles, leur disposition singulière.

À trente ans, je pressentais que ma vie prenait fin, qu'elle m'avait été reprise par ces qualités dont on m'avait fait la promesse qu'elles se manifesteraient un jour chez moi : douleur, labeur, épuisement. Mais les choses du printemps vinrent avec lui, finalement – les soirées en veilleuse, le sol tendre, les stimulations olfactives –, et j'ai découvert qu'elles étaient bien réelles. Que ces choses-là pouvaient être nommées, et que les nommer, c'était les graver dans le marbre, les entériner dans la matière, comme si rien ne séparait l'objet du son qui lui était associé. En regardant un arbre, je pensais au mot *arbre*, et j'acquiesçais en silence. La vérité était là, sous mes yeux : c'était un arbre. Un arbre cousu de pompons roses, une féerie presque grotesque, mais bien réelle, des flocons cotonneux valsant jusqu'au sol, comme une couche fleurie de poudreuse. Je l'ai même montré au bébé, je l'ai montré à Ted, je l'ai pointé du doigt en disant : *arbre*. Et ainsi de suite ; ainsi, la vie continuait. Peut-être ma jeunesse était-elle derrière moi. Mais je n'en étais pas moins vivante. J'étais toujours présente.

Des années avaient passé depuis, mais ce printemps-ci était semblable, un printemps tout aussi lumineux dans ses couleurs, son effet de surprise. J'avais oublié à quel point la maison appréciait cette saison, ce bain de lumière moins froide, plus diffuse. Un bouquet de jonquilles trônait sur la table de la cuisine – comique de tradition chez ces fleurs vernales, nuques courbées comme si elles faisaient, littéralement, la tête, comme des enfants qui rechignent à porter les habits que leur mère aurait choisis pour eux.

Jake, lui, n'arrêtait pas d'éternuer. Il traînait de plus en plus à la maison, ces derniers temps : allergique aux pollens en tout genre, il me jetait un regard accusateur chaque fois qu'il devait se couvrir la bouche et, atchoum !

Tu ne pourrais pas juste arrêter d'en acheter ? me disait-il d'une voix étouffée par le mouchoir pressé contre son visage. J'acquiesçais en silence, je vidais leur eau croupissante dans l'évier, repliais leurs tiges sur leurs têtes, allais les mettre au compost, dans le jardin. Et le lendemain j'en achetais un nouveau bouquet.

Voilà comment les choses se passaient, désormais ; curieusement, voilà que j'étais soudain devenue, dans notre couple, l'épouse docile, presque soumise, et Jake, l'homme en colère, vociférant. Il avait été temporairement démis de ses fonctions, après la diffusion de la photo, le temps de l'enquête. Il avait reçu une première réponse au lendemain de Noël ; les réactions sans doute différées par la dinde et la bûche, le porte-à-porte des enfants de chœur.

Mais d'où ça sort, putain, Jake ??

Ça va pas, J ? C'est une blague ?

Il m'avait lu les messages et, à chaque phrase, chaque fois que son pouce glissait sur l'écran, sa voix montait d'un cran. C'était presque un soulagement : toute la journée du 25 décembre, je m'étais sentie de plus en plus légère, pensées à toute vitesse, propulsant tous mes gestes, surchauffe moteur, cœur menaçant de lâcher à force de battre à se rompre.

Les garçons avaient ouvert leurs cadeaux, déchiré les papiers comme des crève-la-faim s'écharpant sur un morceau de pain, et moi de commenter, d'une voix survoltée, m'en donner à cœur joie – *Ouvre, Ted ! Voyons ce que le père Noël t'a apporté de beau… Une guitare miniature ? Formidable !* – pendant que Jake filmait la scène. Il avait filmé même si on savait très bien que ces vidéos ne rendaient jamais comme on l'aurait voulu, après coup, une fois que les cadeaux avaient été relégués au placard ; l'effervescence du jour, une fois dans la boîte, se métamorphosait en performance de mauvais goût. Ma voix, sur ces vidéos, correspondait à la pire représentation que je pouvais me faire de moi-même : une guimauve écœurante, enjôleuse, comme si je suppliais mes enfants d'aimer les jouets que papa et maman leur avaient achetés.

Je m'étais efforcée d'oublier ce que j'avais entendu, la nuit où les premiers messages étaient arrivés. Quand j'étais montée me coucher, que je ne tenais plus debout, que mes pieds ne suffisaient pas à me faire monter les marches de l'escalier. Les toutes premières secondes, j'avais cru que c'étaient les garçons. La sonorité feutrée de sanglots étouffés sous l'oreiller ; sanglots ravalés en sourdine, contrecollés sur les draps humides. Immobile, j'avais tendu l'oreille. Réalisé que ce rythme larmoyant, cette langueur monotone, celui qui pleurait, c'était Jake.

Vanessa, elle, était sortie indemne de cette affaire, m'avait-il dit un soir, peu après l'incident. Je le revois me hurler dessus entre ses doigts, comme des barreaux de prison devant sa bouche, tête enfouie dans les mains ; il était entré dans une telle fureur que j'ai eu peur – pour la toute première fois depuis qu'on s'était rencontrés, lui et moi – qu'il me fasse mal, qu'il me plaque au mur, comme j'avais vu faire mon père, comme je l'avais vu enserrer les poignets de ma mère, les serrer si fort qu'elle en avait des bleus, qu'elle cachait le lendemain sous les manches de son pull.

La photo venait de mon téléphone, Jake m'avait dit. *De mon adresse e-mail. Comme si… comme si je l'avais fait délibérément, pour me venger de V.*

V ? Je n'ai pas pu m'empêcher de tiquer. Je ne l'avais jamais entendu l'appeler comme ça. *V ?*

Il a relevé la tête, et c'est à ce moment-là que c'est devenu très clair : ce que je pensais – toutes les raisons que j'avais de m'indigner – n'avait que peu d'importance, au final. Aucun profit à en tirer ; toutes les raisons du monde ne faisaient pas le poids. Plus maintenant.

Que ce soit bien clair, m'avait dit Jake, comme s'il lisait dans mes pensées. *Finies, les conneries, tu m'entends ? On oublie le petit jeu des trois coups, ça suffit maintenant. T'as dépassé les bornes.* Là, il avait levé les yeux au plafond – il avait failli éclater de rire. *Merde, Lucy ! je pourrais perdre mon boulot. Tu comprends, ça ? On fera comment, après, pour payer le loyer ?*

Voilà, je suis bonne pour m'en prendre une, je m'étais dit à ce moment-là. Il s'était levé du canapé. J'avais senti un frisson me parcourir l'échine, un frisson à mi-chemin entre la pure terreur, couplée à une légère excitation, à peine palpable. De l'*excitation*, tout de même. J'avais balayé la sensation sur le coup ; à examiner plus tard. *C'était ça, que ma mère ressentait ?* Il s'était avancé vers moi. J'avais reculé instinctivement.

Jake, je – Mais il ne m'avait pas frappée, ne m'avait pas touchée. Il était juste passé devant moi pour aller à la cuisine, où je l'avais entendu allumer la bouilloire. Comme si de rien n'était : clic, un geste quotidien des plus banals. Il ferait bouillir de l'eau, et la vie continuerait.

Sa vie continuerait. Il était convenu désormais que c'était moi qui avais commis l'irréparable. J'en étais réduite à dormir une demi-heure par-ci, une demi-heure par-là, à des plages horaires qui tenaient le moindre rêve hors de portée. Je restais allongée les yeux grands ouverts, à essayer de comprendre comment nous en étions arrivés là. Je ruminais le déroulé des événements, incrédule, les différentes étapes, une à une, reprenais le fil du récit sans parvenir jusqu'au début. J'étais donc devenue l'une de ces femmes. Ces femmes que j'avais croisées dans les livres, qui se sont retirées du monde, qui ne vibrent plus que de mépris, se murent dans leur propre cellule de condescendance. Je commençais à croire que mes mains n'étaient plus les miennes, qu'elles ne m'appartenaient plus. Elles appartenaient à quelqu'un d'autre.

À *Mme Stevenson*, peut-être. À cette femme qui avait pris le nom de Jake, qui était devenue épouse et mère – cette femme qui avait renoncé à son identité propre, ne serait jamais plus un être humain à part entière.

27

C'est un soir comme les autres, à l'heure du bain, que j'ai reçu un SMS. Les enfants étaient dans la baignoire, Jake à son poste, yeux injectés de sang, capitonnés de fatigue. Là où, d'habitude, j'aurais ressenti de la compassion pour lui, où j'aurais voulu déposer une main douce sur son visage, un bisou magique sur ses paupières – rien. Une absence, une totale indifférence, du moins d'abord ; puis mes yeux qui s'attardent, se posent, s'immiscent. Soudain, je me suis mise à *voir* Jake, le voir dans les moindres détails de son être, sous toutes les coutures, chaque cheveu sur son crâne, chacun des pores de sa peau. Une acuité optique, une définition visuelle digne des images d'un documentaire animalier, un *œil de lynx* – je pouvais changer de focale, zoomer aussi loin que je le voulais, sans bouger un cil.

J'étais en train d'aider Ted à se déshabiller quand j'ai entendu un bip, cette sonnerie prometteuse qui bien souvent – en réalité – était porteuse d'un message groupé, envoyé par quelqu'un que je ne voyais plus depuis longtemps, ou qui avait oublié de me retirer de sa liste de contacts. Quand ce n'était pas l'école qui me sollicitait : qui veut bien faire des gâteaux ; besoin de volontaires, de mamans qui ont du temps à ne plus savoir qu'en faire.

Mais cette fois, surprise : un numéro inconnu, et là où une photo de profil aurait dû s'afficher, un tourbillon de couleurs. Un tableau impressionniste.

C'est David Holmes. J'aimerais vous parler. Pourrions-nous nous rencontrer ?

J'ai d'abord pensé en parler à Jake : voilà ce que ça fait, d'être en couple, de toujours tout partager, même dans des circonstances telles que les nôtres, alors qu'on ne se parle quasiment plus et qu'on se touche encore moins. Nous ne nous en tenions plus qu'aux rudiments de la communication : aux informations essentielles, celles qui avaient trait à la santé et à la sécurité de nos enfants, à la nourriture, aux heures de sortie d'école ou aux bobos. Le strict minimum.

Pourtant mon premier réflexe, après avoir regardé mon téléphone, a été de le dire à Jake. Ce que je m'apprêtais à faire quand, au même moment, Paddy s'est saisi d'un pichet d'eau qui traînait sur le rebord de la baignoire depuis des lustres, rempli, glacé, et l'a déversé sur l'épaule de son frère. Ted s'est mis à hurler, puis aussitôt à pleurnicher. Ces derniers temps, les garçons se chamaillaient plus que d'habitude, c'était le début d'une nouvelle phase, où les choses du quotidien étaient toutes, sans exception – la couleur d'une tasse, quels pieds franchiraient la porte en premier –, prétexte à une brusque explosion d'animosité.

L'idée de le dire à Jake : aussitôt dissoute dans cette colère enfantine, dans les petits bras de Ted, les petites jambes de Paddy, tous deux emmaillotés dans les serviettes que j'avais mises à réchauffer sur le radiateur, leurs petites voix soudain bien timorées, est-ce qu'on pourrait lire une histoire, s'il te plaît, papa, une histoire facile, s'il te plaît, maman. L'heure la plus longue de nos journées de parents, la plus remplie ; nos enfants dans les pattes, de la glu sur les bras, des petits pots de colle telles des sangsues cherchant à liquéfier ensemble nos ventres désunis.

Ted était tout juste en train d'apprendre à lire, et lire le fatiguait beaucoup ; cette fois encore, trop de mots, sa tête qui bascule en arrière sur l'oreiller, et ses yeux qui se ferment, puis se rouvrent.

À ton tour, maman.

Le temps de quelques phrases, tout mon esprit plongé tête la première dans le récit, la dernière aventure de T'choupi et ses amis le requin marteau, le poisson champignon, le poisson-zèbre, Ted retraçant du doigt, sans réfléchir, le jaune et noir sur le papier. Mais je n'ai pas mis longtemps à comprendre que je pouvais à la fois lire et penser en même temps, que mes yeux et ma bouche pouvaient tout à fait fonctionner indépendamment ; ainsi mes pensées étaient libres de revenir au message sur mon téléphone.

Pour quelle raison David Holmes pourrait-il bien vouloir me voir ? J'ai bien tenté de me rappeler à quoi il ressemblait, mais seuls des détails disparates me venaient : une barbe foncée, poivre et sel. Des yeux clairs, deux fentes étroites – ou peut-être était-ce la lumière qui l'avait fait cligner des yeux un peu trop fort ce jour-là ? Un autre chercheur, qui travaillait dans le même domaine que Vanessa et lui, m'avait dit Jake – professeur des universités, dans une autre fac, plus renommée. Ça me revenait, à présent : ce petit air satisfait, à la fête de Noël, mais aussi à une soirée du département de biologie, comme si ces occasions, de son point de vue, n'étaient que des distractions passagères, d'éphémères bagatelles dans les profondeurs de son existence.

Ted a laissé échapper un bâillement, je me suis penchée sur sa joue pour l'embrasser, humer au passage les discrètes notes caséinées enfouies dans ses gentils cheveux, derrière ses oreilles innocentes.

Bonne nuit, mon ange. Un autre bisou sur le front – un autre bisou et c'est tout. Je couvrais trop mes enfants de baisers, j'en avais bien peur. Peur d'être une maman poule, de les étouffer, à trop les embrasser.

En sortant de leur chambre, j'ai tiré mon téléphone de la poche de mon jean. Il fallait que je supprime le SMS, avant que Jake ne risque de tomber dessus et ne se mette en colère. Envolé, le message, disparu aussi vite que l'e-mail que j'avais envoyé ; combien de décisions capitales, de vies entières bouleversées à cause d'une si brève impulsion tactile, d'un infime tressautement musculaire.

Je suis descendue direct à la cuisine, j'ai ouvert la porte du frigo – bain de lumière glacée. Fond sonore monocorde à travers le plafond ; Jake qui lisait une histoire à Paddy dans notre chambre. J'ai attrapé un bol recouvert d'une assiette, et puis aussi un autre reste, emballé de papier alimentaire. Dernièrement, j'avais pris l'habitude de grignoter quelques extras après le dîner, des restes au goût douteux que je gobais tout de go, debout, devant le frigo, sans couteau ni fourchette.

Une sensation de faim comme jamais je n'en avais éprouvé auparavant ; voilà que je tenais un morceau de cheddar entre mes dix doigts et que j'en mordillais chaque recoin, que j'en rognais tous les contours, comme un trognon de pomme. J'ai raclé tous les étages du frigo comme des fonds de tiroir, écopé des pots entiers de rillettes de thon d'un seul coup de langue. Mon esprit avait accéléré la cadence – et ma bouche, mon cou, tout mon appareil digestif, de bout en bout, semblaient lui emboîter le pas. Pas un jour ne passait sans que je ne me sente vide, comme une fosse béante qui n'attendait qu'une chose : être remplie à nouveau.

Une fois, quand j'étais petite, j'ai commis l'erreur d'en parler à quelqu'un. Une créature ailée, *j'avais dit.* Une femme.

Ah ! *s'était exclamé l'autre, d'une voix très légèrement moqueuse.* Un ange gardien, tu veux dire !

Un jour, aux infos : un squelette, avec des ailes. La voilà, la preuve, *avaient dit les gens. Preuve de l'existence des anges, ou que sais-je. Mais l'apparition avait tourné au massacre, plutôt qu'au miracle. Volailles démembrées, doigts de fée qui s'affairent dans l'obscurité d'un vieux hangar pour transsubstantier les morts, tenter d'en faire lever toute une armée.*

28

Dans quelques semaines, ce serait l'anniversaire de Paddy – une épée de Damoclès qui me pendait au nez et qui, pourtant, semblait encore à bonne distance, le tranchant de la lame hors de mon champ de vision. Difficile, financièrement, de mettre les petits plats dans les grands ; mais comment y couper ? Comment ferions-nous, sinon, pour rendre notre enfant heureux, qu'il ne soit pas mis à l'écart ? Je n'avais pas attendu la fin du trimestre pour envoyer les invitations, en espérant qu'avec les vacances de Pâques la plupart de ses camarades seraient déjà pris. C'était devenu la norme, d'inviter toute la classe, trente gamins au moins, louer une salle, les services d'un animateur. Ce genre d'événements n'était même pas censé être fun ; les enfants s'y montraient souvent nerveux, capricieux ; les parents étaient, au mieux, épuisés, au pire, traumatisés, finissant par distribuer des sachets de friandises – en papier recyclé, évidemment – d'une main flageolante.

J'avais passé beaucoup de temps dans un café, au bord de la rivière, à faire semblant de travailler alors qu'en fait je remplissais mon panier virtuel de *goodies* sur le thème des pirates. Tasses, pailles, crayons, flacons multibulles de savon, serviettes, ballons, pistolets à eau miniatures, bougies et mini yo-yo, tous à l'effigie de pirates, différenciés par un autocollant personnalisé. J'explorais les méandres du Web ; je cliquais plus vite que mon ombre, je filtrais les résultats plus vite que l'éclair, avec une efficacité dont je n'avais, jusqu'ici, jamais fait preuve : je sentais une espèce d'énergie monter en puissance dans le creux de mes orbites, une ascension fulgurante, comme une poussée d'insuline le long du nerf optique.

Parfois, mes pensées se faisaient monomaniaques. J'ai commencé par voir en rêve des perroquets, la nuit, d'immenses navires dont la proue était coiffée de têtes de dragon, sous une fine pluie de pièces d'or en chocolat. La journée, je peinais à me mettre au travail ; et puis je me suis mise à recevoir quelques e-mails laconiques de la part de mes clients, formules de politesse qui n'en étaient pas vraiment, puis des missives comme des missiles, dont certaines phrases se voulaient délibérément offensives.

Nous regrettons… Nous étions convenus… Nous espérions…

Toujours ce *nous*, même de la part de clients qui avaient jusqu'alors toujours employé *je*. J'en déduisais que l'attaque avait plus de chances d'atteindre sa cible si elle était portée par un élan collectif. Je voyais bien que je faillais à mes engagements, mais je me sentais incapable de m'y tenir : mes pensées s'entrechoquaient avec une telle urgence que cette dernière me semblait incompatible avec le travail. Survoler chaque tâche en vitesse, relever les faits les plus élémentaires, certes en un temps record, c'était tout ce dont mon esprit était désormais capable.

Malgré tout, la vie continuait, en version mise à jour de la routine, un nouveau mode d'existence auquel nous nous étions rapidement adaptés : c'était toujours moi qui allais chercher les garçons à l'école du lundi au vendredi, quand bien même Jake était lui aussi à la maison, à essaimer tasses de café, emballages de barres de céréales au salon, écouteurs dans les oreilles, à pianoter sur son clavier, ordinateur portable sur les genoux. Au moins, lui travaillait, je me disais.

C'était toujours à moi que revenait de préparer à manger, de lancer et d'étendre les lessives, de remplir et de vider le lave-vaisselle, d'écrire aux parents des copains d'école, de m'occuper des activités extrascolaires, du coiffeur, des goûters à la maison, des nouvelles chaussures à acheter, des examens chez l'ophtalmo. Sur d'autres fronts, j'avais jeté l'éponge : c'était généralement le bordel à la maison, je négligeais de l'entretenir tant et si mal qu'elle me lançait des regards noirs. Je sortais pour aller travailler : de retour à la maison, je ne chômais pas non plus. Je restais bien sage, quoi.

Avec un tel état d'esprit, j'avais gagné en clarté, aussi, comme si rien n'interférait plus avec mon ressenti, je ne percevais plus que l'essentiel. Pendant des années, quand les garçons sortaient avec leur père le week-end – au parc, à la piscine –, j'avais été convaincue que l'un d'eux ne rentrerait pas vivant à la maison. Ma récompense pour avoir demandé à passer du temps seule – préféré passer du temps seule –, même brièvement, plutôt qu'avec ma famille. *Les mères égoïstes ne méritent pas leurs enfants.* J'avais entendu ça quelque part, un jour, en tout cas je l'avais ressenti, ou peut-être avais-je absorbé le message dans un bol de céréales, comme on pallie une carence alimentaire, comme on sait que le soleil vient de se lever : un état de fait naturel, absolument inévitable.

Et puis un jour, aussi naturellement qu'il était apparu, ce message avait disparu. J'ai vu les enfants partir sur leurs vélos – et l'instant où ils chuteraient, où leurs crânes se fracasseraient sur le trottoir, ne m'a pas traversé l'esprit. Pas plus que je n'ai imaginé Ted échapper à la surveillance de son père dans le petit bassin, pendant que le maître-nageur avait le nez en l'air, l'espace d'une seconde ; imaginé sa silhouette juvénile sombrer au fond de la piscine.

J'étais enfin capable d'y voir clair : tout irait bien pour les enfants, c'était quasiment certain. Et, dans le cas contraire, ce ne serait pas ma faute. Je me suis dit que c'était ce que se dirait sans doute une mère « normale ». De celles qui se disent *très heureuses*, qui pratiquent le missionnaire hebdomadaire et sont toujours tirées à quatre épingles. Avec leur mobilier design, cette facilité avec laquelle elles semblent prêtes à vendre leur âme, sans chercher à la retenir, sans un mot ; les générations à venir en feront bien ce qu'elles voudront. Toutes ces mères qui ne désiraient plus rien pour elles-mêmes, mais toujours promptes à sortir leur mouchoir, au concert de clarinette de leur fille, à la remise de diplôme de leur fils – pleurer des larmes de fierté, d'authentiques larmes de fierté, pas juste une façon détournée (comme ça l'aurait été pour moi) de faire le deuil de celle qu'elles étaient, de leur énergie vitale qui était désormais investie ailleurs.

J'avais même cessé de traquer Jake via son téléphone. Depuis que j'avais envoyé l'e-mail fatidique, il m'était arrivé de le choper discrètement sous son oreiller quand il dormait ; j'entrais ma date de naissance, je cherchais une trace de son nom, de nouvelles photos. Mais je ne trouvais jamais rien que je n'avais déjà vu : j'ai donc appris à zieuter le téléphone pour mieux l'ignorer, à accorder à l'écran le bénéfice du sommeil, le bénéfice d'une lueur insignifiante.

Il semblerait que la harpie n'ait jamais eu d'enfant. Qu'elle n'ait jamais ni loué, ni acheté une maison, eu à se décider sur un modèle de taies d'oreiller ou à se prononcer sur le choix d'un tapis parmi des milliers.

Elle peut dormir sur ses deux ailes, son corps est son sanctuaire, elle se tient prête à se défendre, bec et ongles.

29

Un après-midi, je suis rentrée plus tôt que d'habitude : je voulais mettre un plat au four avant d'aller récupérer les garçons en voiture, pour les emmener à leur cours de natation, comme chaque semaine. Ces derniers temps, pour les repas, j'allais de nouveau au plus simple : platées de pâtes, pizzas précuites, frites surgelées, soupes en brique. Mais j'avais décidé qu'au menu du jour, ce serait gigot d'agneau : je pourrais le faire rôtir lentement, le servir avec des pommes de terre et des légumes vapeur. À mon tour de me racheter. Que Jake ait une bonne raison de me témoigner sa gratitude.

Quand je suis arrivée à la maison, il n'était pas sur le canapé ; là pourtant où il passait le plus clair de son temps, dernièrement, là où on le trouvait avachi tous les soirs devant la télévision, à regarder des documentaires sur l'univers, les extraterrestres, la chirurgie esthétique qui ne dit pas son nom. Jake avait pris le contrôle de la maison : c'était à lui qu'elle avait désormais prêté allégeance, et plus à moi, je le sentais. Elle avait pris son odeur, elle la conservait même en son absence. Mais cet après-midi, c'est un canapé silencieux, quelconque, que j'ai trouvé en débarquant dans le salon – un canapé à l'air étrangement vaincu, sans Jake assis dessus, les coussins cabossés, encore déformés à l'endroit où il avait imprimé son derrière.

Je suis allée à la cuisine, dans l'espoir de l'y trouver, fidèle à son poste près de la bouilloire, comme l'un de mes camarades de fac, un type solitaire aux cheveux gras que je ne croisais qu'à côté de la bouilloire dans la salle commune, où il venait se faire du café ou des nouilles instantanées. Mais non, Jake n'était pas là non plus. J'ai fini par monter à l'étage, ramassant au passage deux, trois trucs que Ted ou Paddy avaient laissé traîner : deux pulls, une chaussette, des pièces d'un puzzle qu'ils n'avaient jamais terminé.

Jake ? j'ai lancé dans les escaliers.

Il était dans la salle de bains, un pot de peinture blanche et un large pinceau dans les mains, occupé à recouvrir un gribouillis de craie grasse que Ted avait fait sur le mur des années auparavant.

Salut. Il m'a jeté un bref coup d'œil avant de se retourner, face au mur. De façon assez inhabituelle, il portait un jean, un vieux jean qu'il ne mettait jamais en dehors de la maison, plutôt baggy, retenu par une ceinture bien serrée à la taille. Un tee-shirt usé jusqu'à la corde à l'effigie d'un groupe de rock dont il était fan il y a quinze ans.

Je me suis dit que je ferais bien de m'occuper, m'a-t-il dit, dos tourné, tout en tapotant de blanc un coin de mur déjà immaculé. Puis un profond soupir. *La commission ne se réunira pas avant plusieurs semaines…*

Les deux premiers mots d'un ton plus appuyé, légèrement sarcastique. Il m'avait déjà informée de sa stratégie : il dirait que son doigt avait dérapé, que l'e-mail était parti par erreur. Il s'arrangerait pour que je reste en dehors de tout ça. Dans l'éventualité où – quand – il reprendrait le boulot, il m'en avait fait la promesse, je n'entendrais plus jamais parler de Vanessa. Il démissionnerait des groupes de recherche et des comités dont ils faisaient tous les deux partie, il éviterait de la croiser dans les couloirs.

Écoute, Jake – je ne savais plus quoi faire de mes mains, je ne voulais pas lui dire quoi que ce soit qu'il ne sache déjà. Je ne voulais pas lui redire *pardon*, un mot qu'on semblait avoir – lui et moi – déjà répété tellement de fois qu'il en avait perdu toute signification, en était même devenu une sorte de blague entre nous, qui déclenchait un rire railleur chaque fois.

Merci – c'est ce qui m'est venu –, *je ne crois pas te l'avoir dit. Merci de m'épar... je veux dire, de prendre la responsabilité de tes actes.*

Prendre la responsabilité de mes actes ?

Je m'étais débrouillée pour dire *la* chose qu'il ne fallait pas, en fin de compte.

Non, je... je voulais juste te remercier.

Attends, c'est toi qui me parles de responsabilité ? Jake avait pris la mouche, à en juger par son besoin de se répéter, comme s'il cherchait, ce faisant, à jauger le poids des mots, juger de leur bien-fondé.

Tu ferais mieux de te taire, Luce !

Là, il a lâché son pinceau, s'est approché du lavabo pour se rincer les mains. Il avait des traces de peinture blanche partout sur son jean, ses avant-bras, son visage même. Il s'est approché de moi et, sans réfléchir, j'ai voulu essuyer un peu de peinture sur sa joue.

Sans que j'aie le temps de le voir venir, il a interrompu mon geste à mi-parcours, stoppé net ma main dans son élan. Et, sans croiser mon regard, il s'est mis à m'embrasser à pleine bouche, j'ai senti sa langue contre la mienne, le genre de baiser qui se moque éperdument de sentiments réciproques. Il m'a plaquée en arrière, doucement d'abord, puis avec davantage de force, en m'entourant de ses bras, mes jambes suivant le mouvement des siennes vers le sol.

Si d'ordinaire, au bout de quelques secondes plus ou moins longues, j'aurais senti mon cœur se fendre, une brèche plus ou moins béante s'ouvrir à l'intérieur de moi, là – rien. Je ne ressentais rien, c'était à peine si je sentais ses mains relever mon tee-shirt, se saisir brusquement de mes seins. C'était la première fois que Jake me touchait comme ça : comme s'il ne touchait qu'un corps, justement.

Je me suis allongée sur la moquette du couloir, pendant qu'il triturait maladroitement sa ceinture au-dessus de moi. Il m'a embrassée de nouveau, cette fois en y mettant un peu plus de tendresse, il m'a regardée dans les yeux, comme pour me sonder du regard. J'ai hoché la tête. Je me suis dit que c'était bien la moindre des choses que je puisse faire.

C'est lorsque Jake s'est penché sur moi que j'ai remarqué un poster sur le mur, une vieille affiche, qu'il avait dans son appart d'étudiant. Je me suis rappelé la première fois qu'on avait couché ensemble, ce léger malaise, avant que le sexe ne devienne plus passionné entre nous. C'était une nuit de pleine lune ; je nous ai revus nous déshabiller, l'astre d'argent refléter sa pâle lueur sur nos peaux dénudées, nos poitrines se gonfler d'un nouveau souffle, je nous ai revus renaître à nous-mêmes. Renaître aux yeux l'un de l'autre, renaître au monde.

30

Je m'apprêtais donc à aller chercher les enfants à l'école, à les emmener à la piscine, dans cet état, avec cette sensation de brûlure entre les cuisses. Je serais là, devant le portail, à discuter du nouveau toboggan avec d'autres parents d'élèves, à me demander si mes phéromones me trahiraient : combien de mères avaient déjà récupéré leurs enfants à l'école en empestant le stupre, la culotte en vrac ? Encore à moitié débraillées sous leur manteau ?

Paddy et Ted sont arrivés, épuisés, affamés. J'avais oublié d'apporter un goûter ; on a dû faire un crochet à l'épicerie, où un chien qui attendait son maître à l'entrée s'est mis à aboyer bruyamment, ce qui a effrayé Ted. Ni une ni deux, me voilà genoux sur le trottoir, avec, dans mes bras, un petit bout de chou en cravate et chemise. Mon fils sentait l'école, l'urine diluée, des effluves de chou et de viande bouillie. Le pauvre petit était inconsolable ; il ne s'est calmé qu'à partir du moment où le propriétaire de l'animal est revenu le chercher, sans pour autant que le chien ne cesse d'aboyer. Les bras de Ted enroulés sur ma taille, j'ai songé à Jake, à ses doigts mécaniques en moi, comme s'il avait oublié comment j'aimais qu'il me touche. Quand Ted a enfoui son visage tout mouillé dans le creux de mon cou, je me suis demandé s'il avait seulement senti ce qu'il s'était passé – cette odeur virile, celle de son père ?

C'est juste un chien ! T'es vraiment qu'une poule mouillée, Teddy-ouin-ouin ! a hurlé Paddy – pas content, méchant Paddy ; ploc-ploc faisait la pluie sur son caban.

Ted a braillé de plus belle, tête ballante, bouche grande ouverte, comme pour mieux adresser sa plainte au ciel. Les passants nous toisaient de regards noirs ; pétard, quel boucan !

Tais-toi, bon sang, ça suffit, Paddy. Ton frère a vraiment eu une grosse frayeur, et en plus tu lui fais de la peine ! J'ai dégoté un vieux mouchoir dans ma poche, tamponné les joues de Ted ; vite, absorber les larmes avant même qu'elles ne s'échappent de ses yeux. Et dire que j'aurais pu laisser les garçons dans la voiture, mais je savais très bien de quel sale œil on m'aurait regardée dans ce cas, aussi.

Pendant tout le trajet jusqu'à la piscine – bouchons, giboulées fouettant le pare-brise –, Paddy n'a pas arrêté de frapper le dos de mon siège avec ses pieds, du bout de ses chaussures, de bons coups de semelle. Une paire de bottes bien solides, de bonne qualité, qu'on avait choisie ensemble un samedi après-midi, Paddy et sa démarche d'éléphant fiérot dans les rayons du magasin.

Les coups de pied continuaient, scandaient le siège, un, deux, trois, quatre, rompaient et reprenaient chaque fois que je lui disais d'arrêter, ma voix s'enflant d'un peu plus de colère à chaque assaut, éreintée, écorchée, cordes vocales au point de déchirure.

T'es horrible, maman ! il a fini par crier. C'était sa colère contre la mienne, et pan, un coup bien placé dans les vertèbres au cas où je n'avais pas pigé. Aïe, ouïe, ouïe, une décharge électrique tout le long de la colonne vertébrale. Au fond de moi, j'éprouvais encore la douleur pulsatile qu'avait éveillée en moi la présence de Jake, comme un coup de semonce. J'avais l'impression que Paddy avait raison. Lui savait quel monstre j'étais.

Quelques minutes de répit : silence, cris et coups étouffés par la campagne maussade défilant au-dehors, au gré des montées, descentes, les garçons rêvassant, corps absorbés par le ronron rassurant du moteur. Après les pieds, ils en sont venus aux mains, une fois qu'ils n'avaient plus rien à se mettre sous la dent – et vas-y que je te saute à la gorge, une griffure stridente par-ci, un cri déchirant par-là, et que je contre-attaque le silence en vociférant moi aussi.

Maman, il m'a traité de caca qui pue !

C'est pas vrai ! T'es qu'un menteur !

Ça suffit, vous deux ! Arrêtez de crier. On se calme, maintenant !

Il y en avait bien un des deux qui ne sentait pas la rose. Un des deux – probablement Ted – ne s'était pas essuyé correctement, et l'odeur âcre d'excrément qui avait fermenté depuis des heures dans un froc envahissait désormais la voiture, imprégnait nos narines, nos cheveux, se glissait jusque dans nos moindres interstices.

Et que ça braille de nouveau, bras dans tous les sens, malheureusement trop courts pour se taper dessus, fesses arrimées aux sièges. Dans le rétroviseur, j'ai vu Paddy se dégager de sa ceinture, se tortiller comme une anguille entre les mailles du filet, tendre un bras vers son frère qui ripostait déjà farouchement des deux mains, bas les pattes !

On traversait un quartier résidentiel, une longue route rectiligne, peu fréquentée. Aucune autre voiture en vue, pas le moindre ralentisseur sur le bitume, pas un seul piéton sur le trottoir. Perché en haut d'un lampadaire, un oiseau solitaire a secoué ses plumes, courbé la nuque. J'ai jeté un autre coup d'œil dans le rétroviseur : sur la banquette arrière, un charivari de basse-cour, un combat de coqs, qui piaulaient à qui mieux mieux, s'égosillaient d'effort, piaillaient sans retenue. J'ai senti ma colère monter d'un cran, une colère rudoyante, familière, comme une amie trop longtemps laissée sur le carreau. J'ai transpercé le volant de mes ongles – j'ai serré les dents, sensation douloureuse, lancinante, le long de ma mâchoire.

J'ai posé mon pied sur la pédale d'accélérateur, la sensation de vitesse a rapidement gagné ma poitrine ; bientôt, la force du moteur me plaquait en arrière sur mon siège. Tout mon corps, pas juste mes oreilles, réceptif au calme qui reprenait le dessus, côté banquette arrière, à mesure que j'accélérais. Pas besoin de vérifier dans le rétroviseur : je savais que Paddy s'était de nouveau accroché à sa ceinture, et qu'il ne regardait plus son frère mais bien droit devant lui. Je n'ai levé le pied, commencé à ralentir un peu, qu'au moment où j'approchais du bout de la rue. Et c'est seulement après plusieurs secondes de silence – un silence religieux – que j'ai relevé la tête, et que j'ai alors vu, dans le rétroviseur, leurs visages de cire, leurs yeux tout embués. L'heure n'était plus aux rêvasseries ni aux fâcheries, mais à la stupeur larmoyante, aux noires prunelles impénétrables.

On pourrait dire d'elle que *c'est une mauvaise mère.*

Objection. Une mère est-elle un être humain comme les autres ? Ou encore : n'est-elle que de forme humaine, les bras et les jambes là où il faut ?

31

J'ai retrouvé David Holmes dans un restaurant où je n'avais encore jamais mis les pieds : le genre un peu select que fréquenteraient les veuves éplorées d'*Amour, Gloire et Beauté*, moulées dans leurs robes, gainées à la ceinture, collants chair, escarpins en cuir vernis – où la tenue correcte n'était pas seulement souhaitée, mais condition *sine qua non* pour obtenir une table. Je ne voyais vraiment pas quelle occasion aurait pu me pousser à en réserver une : je ne m'imaginais pas souffler mes bougies ou fêter un anniversaire de mariage dans ce décor aux murs crème, élégant rideau végétal aux fenêtres, empêchant les curieux de voir ce que leur boss avait commandé pour déjeuner.

David avait choisi le lieu et la date : je n'avais émis aucune préférence, ne rien lui imposer, lui laisser le champ libre. Il me semblait déjà avoir fait ma part, en lui répondant –

C'est d'accord. Quand ? L.

– en pleine nuit d'insomnie, énième nuit sans sommeil, aux heures creuses, mon lit comme un radeau à la dérive sur un océan d'obscurité. À mon réveil, il m'avait fallu vérifier que j'avais bel et bien envoyé le message, que je n'avais pas – comme je l'avais fait tant de fois déjà – seulement caressé l'idée, pour finalement le garder bien au chaud parmi les brouillons. Je ne l'avais d'ailleurs jamais supprimé, au contraire, j'aimais le relire de temps à autre, quand mon esprit me menait en bateau, que mes pensées se faisaient trop vagabondes, que j'imaginais mon cerveau éclater, mes divagations prendre la poudre d'escampette, me déserter par la fenêtre.

Il avait attendu quelques heures avant de me répondre. Sans doute avait-il perdu espoir, peut-être même regretté de m'avoir écrit. À moins qu'il soit seulement très occupé. Par le travail, par exemple. J'ai essayé de l'imaginer en blouse blanche, dans son laboratoire, en salle de conférence, face à un parterre d'étudiants. Mais l'exercice était trop difficile : son visage ne me revenait que par arrêts sur image : clic, je le revoyais en salle des profs, un verre de piquette à la main, clac, il en buvait une gorgée ; au plan fixe suivant, clic, un discret rictus réprobateur, tout en retenue.

Saurais-je le reconnaître, maintenant ? J'ai donné son nom à la réceptionniste – plus top model que maître d'hôtel, dans le genre – comme si j'étais là pour un rendez-vous pro. Elle m'a fait signe de la suivre, m'a indiqué une table dans l'arrière-salle. Évidemment, il n'aurait pas choisi une table près des fenêtres, même à l'abri des fougères. Même s'il était peu probable que, parmi ses fréquentations, certaines viennent déjeuner dans un endroit pareil. Ces gens-là n'avaient sans doute pas à aller bien loin pour trouver un restaurant de ce style à seulement quelques encablures de leurs chics demeures victoriennes. Ils se paieraient même le luxe d'appeler les serveuses par leur prénom.

C'est moi qui l'ai aperçu en premier : il semblait lire le menu avec le plus grand intérêt. Je me suis demandé si son choix s'arrêterait sur l'option brunch aillé, dégoulinant : des œufs Bénédicte, qui sait, un truc baveux, slurp, beurk. Mais quand je suis arrivée à sa table, il a aussitôt refermé le menu, s'est empressé de se lever pour m'adresser d'abord un léger sourire, sans desserrer les lèvres, suivi d'une rapide poignée de main – peau sèche, froide –, puis a pris soin de croiser mon regard avant de se rasseoir. D'apparence plus décontractée que dans mon souvenir, il ne portait pas de veste, juste une chemise oxford bleu clair, col ouvert. Il était plus âgé que je me le rappelais, aussi ; la peau de son cou flasque, tombante, ses mains, posées à plat sur la table, légèrement duveteuses, recouvertes de taches brunes. Il devait avoir au moins dix ans de plus que Vanessa. Pas étonnant – impossible de me retenir de le penser – qu'elle ait voulu d'un Jake bien bâti à la peau de bébé.

J'ai baissé les yeux, craignant de rougir tout à coup. Je voyais bien que lui aussi cherchait à me cerner, savoir qui était donc *la femme trompée*. J'avais revêtu la plus belle tenue de ma penderie, mais elle ne suffisait pas à retenir mon estomac que je sentais déjà gonfler par-dessus la boutonnière du pantalon, et mes jambes s'enfoncer bien trop profondément dans le cuir de ma chaise.

Ça doit vous paraître bizarre, que j'aie demandé à vous voir.

Pas sur le ton d'une question, comme s'il était déjà absolument certain de mon ressenti, parce qu'il avait pris la température de mes émotions, avait trouvé *logique* que je trouve ça « bizarre » – du bon sens, selon lui. Je me disais que le bon sens devait correspondre à la plus haute aspiration de gens tels que David et Vanessa Holmes – typique de ceux qui peuvent se vanter d'avoir un parquet massif *et* un taux d'emprunt dérisoire, qui avaient grandi avec la conviction qu'il était *logique* pour eux de mener la vie dont ils rêvaient.

J'ai hoché la tête, bu une gorgée d'eau – bien sûr, mon verre était rempli avant même mon arrivée.

De quoi vouliez-vous me parler ? Trêve de bavardages, j'avais décidé d'aller droit au but – pas question de lui faciliter la tâche.

Un serveur rappliquait déjà à notre table. David a ouvert la bouche et s'est aussitôt interrompu sur sa lancée, a préféré attendre que je passe commande – du thé, s'il vous plaît –, le temps de replacer sa serviette sur ses genoux. Je ne décelais encore aucun signe de nervosité chez lui, il semblait simplement soucieux d'agir quand il jugeait l'instant approprié. Et j'avais comme l'impression qu'il était du genre à toujours agir au moment propice.

Pour ne rien vous cacher, je – là, un bruit de salive, le même que j'avais entendu sur mon répondeur. Une sorte de râle caverneux, prolongé, liquide. Mon cœur s'est soulevé, le temps de quelques secondes, avant de revenir à la normale. – *j'ai quelque chose à vous demander, une… une faveur, pour être exact.*

Ma main s'était déjà posée sur mes lèvres, je n'ai eu qu'à suivre son regard pour m'en apercevoir. Vite rangée à un endroit plus acceptable. D'un coup, c'était comme si mon corps échappait à mon contrôle, que je n'avais plus conscience de ma gestuelle : tout le contraire de ses mouvements – lents, savamment étudiés – chaque fois que lui ajustait sa position. Peut-être avait-il eu, dans sa jeunesse, des manières moins inflexibles, mais j'en doutais : à l'université, j'avais déjà rencontré quelques représentants de son espèce, des vestiges d'un âge d'or révolu, des hommes qui savaient parfaitement quelle posture adopter en toute circonstance.

Je vois, j'ai fait, incapable de retenir un bref haussement de sourcils.

Le serveur est venu m'apporter le thé que j'avais commandé, a demandé à David si *monsieur* voulait boire quelque chose, avant de regagner le hall d'entrée, là où la lumière du jour, au travers des fenêtres, semblait décliner, lointaine, comme si elle appartenait déjà au passé.

Je voulais vous demander si vous pouviez discuter avec votre mari – à ce mot, je n'ai pas pu m'empêcher de noter une légère grimace d'embarras sur son visage – *de son avenir professionnel. De l'éventualité – de l'hypothèse – qu'il trouve, à tout hasard* – là, une autre lampée de salive –, *du travail ailleurs.*

À l'entendre, ce n'était toujours pas une question. Ça ressemblait même davantage à un ordre qu'à une requête. J'avais l'impression de mieux comprendre quelque chose que je savais déjà, plutôt que d'apprendre une nouvelle : bien sûr que David Holmes ne me demanderait jamais rien, bien sûr qu'il ne se rendrait jamais vulnérable en émettant le moindre souhait. En revanche, il était tout à fait en mesure d'attendre quelque chose de moi.

Vous savez, toute cette affaire a eu des conséquences vraiment terribles pour ma femme – pour Vanessa. Cette photo… Je sais qu'elle n'en ferait jamais rien. Elle n'oserait jamais exiger quoi que ce soit, tout comme vous. Mais elle est tellement bien, dans cette fac, vous comprenez. Et ce n'est pas elle qui l'a envoyée, alors…

C'était drôle, tiens, comme face à cet homme ma colère avait l'audace de surgir de nulle part, pour d'emblée repartir comme elle était venue. Je la sentais monter en moi, hésitante, et puis – parce qu'elle se retrouvait dans une impasse, sans pouvoir s'exprimer – elle se ravisait aussitôt, s'engouffrait de nouveau en moi, arrière toute, réabsorbée, redirigée vers mes mains, tremblantes, incapables de tenir une tasse en porcelaine sans en renverser le contenu. J'ai fait de mon mieux pour garder une contenance, au moins vocale.

Est-ce que Vanessa sait que vous êtes ici ?

Il a secoué la tête.

Non. Je ne veux pas la contrarier davantage. Elle va mieux, depuis quelque temps – enfin, c'est tout récent.

J'en déduis que vous restez ensemble ?

Là, pour la première fois, j'ai noté une pointe d'agacement sur son visage, avant qu'il ne puisse la retenir : la commissure des lèvres qui tressaille légèrement, les pattes-d'oie qui se plissent involontairement au coin d'un œil. Sa voix, quand il m'a répondu : rien qu'une infime inflexion d'irritation.

Eh bien, oui, en effet. Ça tombe sous le sens. Je crois en – là, il a posé un doigt sur sa fourchette, l'a déplacée de quelques millimètres, avant de décaler son genou ; un bref instant, j'ai vu qu'il peinait à trouver quel geste était le plus approprié à sa réponse. *– je crois au pardon. Vous aussi, je me trompe ?* Voilà qu'il sortait manifestement les griffes, maintenant, sa bouche et ses sourcils, complètement raccord. Un instant, la menace d'un coup de chaud doublé d'un coup de fouet : et s'il savait ? Non, non, impossible ; ma tête s'est mise à dodeliner contre mon gré. Aucun moyen qu'il le sache.

Non ? Ah, bon. Voilà qui est intéressant – non pas que je veuille m'en mêler, ça ne me regarde absolument pas. Ses gestes étaient de nouveau précis, maîtrisés. *Enfin, comme je disais, si vous pouviez suggérer –*

Je me suis levée sans même m'en rendre compte : j'ai entendu ma chaise valdinguer sur le sol, sonnante, trébuchante, interlude dissonant au jazz d'ambiance typique d'une fin de matinée. Du coin de l'œil, j'ai pu observer la réaction de David Holmes – ou plutôt, son absence volontaire de réaction. Parfaitement immobile, le regard fixé droit devant lui, comme s'il venait d'avoir accès à des informations inédites, qu'il en tirait une conclusion satisfaisante.

Il n'a pas bougé d'un iota, il n'a même pas ouvert la bouche. Il aurait très bien pu hausser les épaules et se dire, *Quel dommage.* Hocher les épaules. *C'est bien triste pour elle.* J'avais quasiment franchi la porte du restaurant que j'avais l'impression qu'il était encore dans mon champ de vision, sans qu'il m'eût fallu tourner la tête – que je pouvais le voir faire signe au garçon pour lui demander la note, percevoir la précision de son geste, l'amabilité de son sourire.

Capsule temporelle à la fragilité, la clarté du cristal.

Je la regarde s'éloigner du restaurant, s'engager dans la rue. C'est une belle journée ensoleillée ; elle porte une main à ses yeux éblouis, voit la lumière traverser sa paume, tissu cutané strié de grenat.

Le monde grouille autour d'elle, comme toujours, une colonie, une ruche de vies inconnues. Personne pour remarquer, personne pour se douter – ne serait-ce qu'une seconde – de ce qu'elle a fait.

32

Quand les garçons étaient encore bébés, j'ai souvent songé à partir. J'imaginais le bed & breakfast que je réserverais en bord de mer, les premières lueurs du jour qui traverserait les rideaux, ma présence anodine aux rayons du soleil. J'imaginais même les objets, différents, bouilloire, oreillers, pommeau de douche, pantoufles : rien qui n'exige une réponse de ma part. Rien qui ne me rende indispensable.

Je veux qu'il fasse beau aujourd'hui ! Voix plaintive de Paddy, au matin de son anniversaire. La journée avait commencé sous la fraîcheur d'un ciel gris, et je me suis demandé ce qu'on avait bien pu faire pour que notre fils en vienne à croire que ses parents faisaient la pluie et le beau temps. Encore une étape, dans la préparation des festivités, que je semblais avoir manquée. Y avait-il assez d'options végétariennes ? Avais-je prévu suffisamment de jeux, ou pouvait-on s'attendre à un horrible temps mort entre les différentes animations, comme c'était déjà arrivé, à l'occasion de son sixième anniversaire ? Quinze gugusses plantés au beau milieu du salon, à me dévisager pendant de longues minutes – des parties interminables de 1, 2, 3, Soleil, jusqu'à ce que les plus finauds de la bande, les grands, ne finissent par ronchonner.

J'ai passé la matinée à faire le ménage, ranger la maison, à empiler des sandwichs triangles, à couper des bâtonnets de carotte et de concombre par dizaines, auxquels les gosses ne toucheraient même pas. Ce qui comptait, c'était seulement de les mettre en bonne place sur le buffet, afin de montrer qu'on avait bien retenu la leçon du « cinq fruits et légumes par jour ». Je me suis activée en cuisine comme à l'usine, je ne répondais même plus de mes mains, qui suivaient une cadence autonome – découpe, disposition, décoration – à un rythme effréné. Je n'en voyais même plus les contours, tant elles s'agitaient, tant elles semblaient suivre leur propre logique instinctive, reproduire des formes familières, ronds, carrés, triangles, à l'aise Blaise. Je n'arrêtais pas de relever la tête de ma planche à découper – je cherchais du regard quelqu'un pour attester de ma dextérité hors pair, de mon remarquable savoir-faire – sans trouver de témoin oculaire.

Nous étions convenus d'organiser la fête à la maison, afin de minimiser les dépenses, mais j'avais complètement oublié tout le travail que ça me demanderait ; j'avais largement sous-estimé l'écart énorme qui s'était d'autant plus creusé, ces derniers temps, entre notre maison, dans son état normal, et ce qu'on considérerait comme une maison présentable. Pas moins de vingt gamins, les nôtres inclus, seraient de la partie ; ils étaient bien plus nombreux que ce à quoi je m'attendais. Apparemment, la plupart des familles ne partaient pas en vacances ; j'avais fait l'effort de paraître en-chan-tée, à chaque réponse positive que je recevais. Je ne comptais plus les fois où j'avais répondu : *Formidable, Paddy sera ravi !*

Jake ne comprenait pas pourquoi je me donnais tant de mal : comme pour la fête de Noël, il semblait peu disposé à organiser quoi que ce soit cette année, comme s'il cherchait à préserver l'unité de notre famille, tel un bloc compact dans une conserve hermétique.

Je l'avais mis au défi d'annoncer à son fils que sa fête d'anniversaire était annulée ; il n'en avait rien fait.

Je suis sûr qu'il sera super content. Il m'avait dit ça gentiment, comme s'il considérait mes efforts d'organisation comme des symptômes d'une affection bénigne, un mal pour un bien. Depuis cet après-midi où on s'était retrouvés sur la moquette, à l'étage – joue contre joue, à moitié dévêtus –, Jake semblait s'être adouci, apaisé : quand il me croisait, il ne soupirait plus comme si je n'étais qu'un obstacle, une entrave sur son passage. Le matin du jour J, il m'a même donné un coup de main pour gonfler les ballons, accrocher la banderole dans la cuisine, cacher les *goodies* pour la chasse au trésor.

Une fête d'anniversaire est comme un enterrement – ça n'est jamais réel que lorsque ça arrive. C'est quasiment impossible à prévoir, ou même à concevoir. Ça vous prend toujours de court. Alors, quand les garçons – que des garçons, malgré tous mes efforts – ont déboulé cet après-midi-là, j'ai bien vu que j'avais beau m'être préparée, cette fête allait être un calvaire. Ou bien était-ce *à cause de* mes efforts, du fait que je me suis si obstinément acharnée à coller au thème des pirates – des épées assorties, des cache-œil qui rendent chaque enfant à moitié aveugle.

Nous avions ouvert en grand la porte-fenêtre qui donnait sur le jardin, grand passage chahutant vers la lumière – le ciel s'était éclairci, il faisait anormalement doux pour la saison, à la grande joie de Paddy qui m'avait remerciée –, vers les joutes sur l'herbe, l'escalade du trampoline.

On enlève les chaussures ! ai-je crié d'une telle force, avec un tel coffre que ma voix semblait avoir raclé ma gorge, enrayé mon larynx. Jake est resté avec moi dans l'embrasure de la porte-fenêtre, semblant trouver ça drôle de voir dix pirates miniatures rebondir ensemble, leurs cache-œil se soulever à chaque saut, épées pointées en l'air. Je l'ai observé, fascinée qu'il puisse s'amuser de la situation sans s'en inquiéter. Je me suis adossée contre lui, timidement, comme pour mieux assimiler cet instant par osmose : un sentiment délicieux de pure détente, empreint d'une légère distance qui semblait être la clé pour être un parent accompli. Je me suis efforcée de chasser cette pensée de mon esprit : c'était tellement plus facile pour *le mari* – tellement plus facile de reléguer la famille au second plan, sans avoir à justifier du moindre prétexte, de la moindre excuse. Nous sommes restés là, tous deux aveuglés par la lumière, si ce n'était par l'amour, le temps de deux, peut-être trois secondes, à nous prélasser au soleil.

Et puis un cri éraillé, du trampoline, comme un chien qui glapit, qui bégaie, puis le silence, avant que n'éclatent de gros sanglots de bébé. Les enfants se sont brusquement arrêtés de sauter, le filet autour du trampoline a cessé de trembler. La ronde s'est rompue, et deux silhouettes se sont rapidement détachées du lot : Paddy et son copain Thomas. Couverts de sang.

Le temps de quelques heures, ça m'avait reboostée, de me voir confier la garde d'autant d'enfants, alors que je me savais tout juste capable de m'occuper des deux miens. Quand leurs parents les avaient déposés – presque soulagés, sans même prendre la peine de papoter une minute –, j'avais eu l'impression qu'on m'accordait enfin le précieux sésame qui me déclarerait apte à élever des enfants. Bien entendu, je n'avais aucune compétence avérée en la matière. Alors je m'étais contentée de sourire, et d'avoir l'air expérimentée, pleine de maturité, maternelle.

À présent, face à deux marmots blessés qui accouraient vers moi, qui saignaient du nez, ou des yeux, du menton, je voyais bien qu'il y avait eu erreur, évidemment. Je ne pouvais pas prétendre au titre de mère. Je n'étais qu'une pauvre idiote qui avait fait une erreur d'orientation sur le chemin de la vie. Mais je savais très bien donner le change, comme je l'avais toujours fait. Et donc je me suis précipitée au secours des garçons ; tout comme Jake s'est précipité aussi. Mais d'abord Thomas, vite, voyons voir cette blessure, hypervigilance sur le qui-vive de la panique. J'ai vu tout de suite que c'était une seule entaille qui effusait tout ce sang, sur cinq centimètres environ, en plein milieu du front, un accroc sur un morceau de velours, une aberration. *Plus de peur que de mal.* La voix de Jake. *Il saigne du nez.*

Je me suis rendu compte qu'il parlait de Paddy, et d'emblée un déferlement violent de culpabilité – comment avais-je pu me focaliser sur celui qui n'était pas mon fils.

Ils ont dû se rentrer dedans, à moins que – j'ai jeté un coup d'œil à la main de Paddy, ou plutôt à l'épée en bois qu'il tenait entre ses doigts.

Ce n'est pas à toi, ça, non ? je lui ai dit, en réalisant ce qui avait dû se passer. Il l'avait empruntée à un de ses copains ; comment se faisait-il que ce truc soit si tranchant, il avait dû la darder sur Thomas sans faire exprès – ou si – en sautillant sur le trampoline. J'ai prié très fort, en silence, pour que ce soit un accident. *Par pitié, faites que ce ne soit qu'un accident.*

J'ai attrapé une serviette en papier, l'ai pressée contre le front de Thomas. Dehors, Jake a fait la police du trampoline, hop, tout le monde descend. Paddy s'est assis près de moi, mouchoir-tampon ensanglanté sur le nez, spasmes de sanglots toutes les deux, trois secondes.

C'est lui qui m'a frappé, maman, a-t-il suffoqué, d'une voix enrouée de sang – j'ai sondé Thomas du regard, le petit a secoué la tête d'une façon peu convaincante, avec ses yeux qui, simultanément, se remplissaient de larmes. J'ai senti une vague de joie m'envahir : ce n'était pas mon enfant, finalement, qui avait commis un acte de violence. Mais cet enfant-là, celui dont la mère, bien propre sur elle, faisait toujours le pied de grue devant la grille de l'école, et dont le père en imposait, dans son costard-cravate.

Je me suis aussitôt fendue d'un large sourire malgré moi, reprenant d'un coup un visage stoïque.

Je me fiche de savoir qui, on ne frappe personne, point, j'ai dit platement, et à l'intention de l'un comme de l'autre.

Mais, maman, j'ai rien fait ! a protesté Paddy. *Je l'ai touché sans faire exprès avec l'épée, et après il m'a frappé.* Il bafouillait maintenant, du sang sur les lèvres, les dents, crachotait des postillons rouge écarlate sur la table.

Tête en arrière, je lui ai dit. *Bon, leçon du jour* – là, je me suis tournée vers Thomas, c'était plus fort que moi –, *ni des hérissons, ni des paillassons, comme dit la maîtresse à l'école, d'accord ?* Mon pouls revenait à la normale, enfin. Respirer calmement. Me rappeler que, non, ce n'était pas ma faute. J'avais organisé une belle fête d'anniversaire pour Paddy ; j'avais fait de mon mieux.

J'ai envoyé un SMS à Sarah, la mère de Thomas, juste après l'incident. Je savais qu'il était important de rendre des comptes. De suivre les règles, étape par étape, comme à l'école, quand on nous remettait des « rapports d'accident », abracadabrante paperasserie administrative à grand renfort de schémas qu'on aurait cru tout droit sortis des fichiers de la police, section homicide, silhouette tracée à la craie, gommette = bobo. *S'est blessé à l'épaule, suite coup de tête d'un camarade. A chuté dans le potager pédagogique. Application d'une poche de glace.*

Thomas s'est cogné la tête en s'amusant sur le trampoline, j'ai écrit à Sarah. *Rien de grave, pas besoin de recoudre, a priori. Bises.*

La maman serait-elle rassurée de savoir que des points de suture ne seraient pas nécessaires ? Ou l'inverse ? C'était déplacé, de finir par « bises » ? Le message ne sonnerait-il pas trop abrupt, sans ? J'ai résisté à l'envie de m'excuser, mais, quand Sarah est venue chercher son fils, les *désolés* ont littéralement jailli de ma bouche, un déversoir d'épuisement liquide à ses pieds.

Pas de souci, a-t-elle murmuré sans desserrer les lèvres, en examinant la balafre sur le crâne de Thomas. Mais ensuite : *Ils étaient combien, sur ce trampoline ?* Le regard fixe, vers le jardin, où quatre, cinq garçons, désarmés, sautaient gaiement au soleil.

Je ne sais plus trop, nombreux, en tout cas, on leur a confisqué les épées... Je suis tellement confuse, Sarah, vraiment, je suis désolée. Je m'en veux terriblement.

Sur ce coup, je m'en voulais vraiment terriblement, même si la plaie semblait déjà presque refermée sur le front de Thomas, qui avait visiblement retrouvé du poil de la bête après une partie de chaises musicales. Au moment du pique-nique, il avait montré l'exemple après s'être copieusement vanté d'être végétarien, en engloutissant cinq sandwichs au fromage et une bonne poignée de crudités. Je l'ai dit à Sarah, histoire de compenser la balafre. J'étais une bonne mère ! J'avais préparé des putains de bâtonnets de carotte !

Son visage est resté impassible : elle me regardait comme si elle avait quelque chose à m'apprendre, qu'elle était infiniment plus mature, plus perspicace que moi. Ce qui était tout à fait vrai. Mais je me devais de préciser une chose.

En fait, pour être tout à fait honnête, Thomas a filé un coup de poing à Paddy en plein dans le pif, alors bon...

Une moue dubitative de sa part, et je ne savais plus où me mettre. *Ah, les garçons !* Je ne supportais pas les gens qui disaient ça. Cette expression me donnait envie de hurler, de m'arracher les cheveux, et les yeux en même temps. Et pourtant, voilà que c'était moi qui l'employais.

Sarah a levé un sourcil circonspect. *Merci en tout cas pour la fête. Allez, on rentre, Tommy.*

Je lui ai tendu son sachet de *goodies*, comme un ultime gage de paix – un pochon bien garni sur lequel toute une bande dessinée de pirates semblait avoir déjà mis le grappin. J'ai senti que Sarah voulait me dire autre chose, mais son fils s'était emparé de son butin et quittait déjà le navire d'un pas décidé, chantonnait *yo oh*, *yo oh*, jusqu'à la porte. Une vague de départs a suivi – toute une marée d'enfants s'est retirée aussi vite qu'elle était montée, un coup de vent et on pataugeait de nouveau à marée basse dans la maison, essorée, bercée par le ressac, le calme après la tempête. On s'est échoués tous les quatre au salon ; les garçons, mollassons, recélant leurs richesses de pacotille, Jake et moi, entre deux soupirs et battements de cils.

Nous étions assis côte à côté, si proches : laisser ma tête, doucement, retomber sur son épaule, la chose normale à faire. Il s'est penché sur moi, m'a déposé un bisou sur le haut du crâne ; mon corps est resté immobile, sans trahir le moindre frisson.

Du coin de l'œil, j'ai vu que Ted nous observait en silence, ou presque, bonbon dans la bouche, un filet de salive à la commissure des lèvres. Au bout d'un moment, Paddy a levé la tête lui aussi, son attention brièvement détournée de son sachet de *goodies*. J'ai maintenu ma position, maintenu nos corps soudés, ensemble, que les garçons puissent nous voir ainsi. *Heureux*.

Peut-être même ce bonheur ne faisait-il pas seulement illusion, toute cette histoire n'était pas seulement une *déviation passagère*, un truc que Jake et moi finirions par évoquer à voix basse, tard dans la nuit, à modeler nos mots comme de la pâte, étirant notre passé commun sous d'autres formes, que l'obscurité se chargerait de rendre crédibles, nécessaires.

Pas de troisième fois, c'était très bien ainsi, comme d'avoir choisi de ne pas concevoir de troisième enfant, comme d'avoir compris, avec le temps, que ce serait une erreur. J'ai fait glisser ma tête contre la poitrine de Jake, suivi son rythme cardiaque, les bas, les hauts, rouages fragmentés sous mon oreille, contraction, décontraction, impulsions électriques susceptibles de cesser n'importe quand.

Je crois que deux, ça suffira, j'ai murmuré, le nez fourré dans sa chemise, ses émanations florales artificielles entêtantes, le bruissement de ma voix sans doute trop faible pour qu'il m'ait entendue.

33

Cette nuit-là, nous avons dormi ensemble, nous nous sommes réveillés ensemble. Sans nous tourner le dos : souffles et peaux, mêlés, regards plongés l'un dans l'autre. Le genre de choses que font les couples mariés. Rien qui n'aurait dû sembler extraordinaire. Pourtant j'avais l'impression que cela faisait des années, pas des mois, que je n'avais vu de si près la surface laiteuse et solaire de ses pommettes, le poil follet de sa barbe de trois jours, rougeoyant par endroits comme des braises.

J'ai grandi avec la certitude que je ne connaîtrais jamais rien d'aussi grand, dans ma vie, que l'amour. Toutes les chansons, tous les films du monde me confortaient dans cette idée. Pourtant, quelle n'avait pas été ma surprise, quand Jake m'a embrassée pour la première fois. Ce sont des termes scientifiques, paysagistes, botaniques, qui me viennent pour décrire ce baiser. Une éclosion, un étirement, un bol d'air frais dans ma cage thoracique. Nos baisers, à présent – doux, timides –, semblaient toujours empreints de ce premier baiser, comme si nous rejouions un chapitre de notre histoire pourtant clos depuis longtemps.

Jake a déposé les enfants au centre aéré ; il devait voir un collègue dans la foulée, avec qui il pourrait discuter de l'enquête, qui avait eu vent de rumeurs sur l'issue probable de l'affaire. Il s'était rasé ce matin, il avait fait un effort vestimentaire, était élégant. Puis câlin, câlinou avec les garçons, un régal pour les yeux, rivés sur les boutons de sa chemise, glissée sous une ceinture. *Mon mari.* Un sentiment de fierté, tout à coup, dont je ne parvenais pas à délimiter les contours, un sentiment que je n'avais pas éprouvé depuis des années.

*
* *

Une fois seule, je me suis attaquée au naufrage de la veille – la banderole encore fixée au mur, les morceaux de papier cadeau, au pied des chaises. J'ai commencé par les ballons, j'en ai accroché quelques-uns dans la chambre des garçons, puis rassemblé les autres : opération pulvérisation. Un à un, je les ai suspendus tête en bas – ils étaient déjà mous du bulbe – pour les piquer d'un coup d'épingle, et l'explosion retentissait dans mes tympans, comme une surprise renouvelée chaque fois. Je me suis demandé, un bref instant, ce qu'allaient imaginer les voisins, si le bruit leur ferait penser à une fusillade. Les coups de feu ne semblent jamais être la première chose qu'identifient les témoins d'attaque terroriste. Des feux d'artifice, un moteur qui pétarade, des ballons qui éclatent : voilà ce qui leur vient d'abord à l'esprit – et même quand ils y réfléchissent à deux, trois, quatre fois.

Pendant que je faisais le ménage, le temps semblait s'écouler très très lentement. Je levais les yeux vers l'horloge, je m'attelais à une demi-douzaine de tâches – ranger tel paquet dans un placard, sortir la poubelle jaune, ramasser un jouet pour le remettre à sa place, non, ramasser cinq jouets – et l'horloge me narguait à nouveau. Je n'arrivais pas à savoir qui, quoi, de moi ou du temps, avait changé, si je ne faisais pas le tour du cadran si vite que les aiguilles avaient peine à me suivre, désormais. Quand j'ai eu terminé, il me restait encore plusieurs heures devant moi, avant que je doive aller chercher les garçons. Du temps pour moi.

Je me suis habillée, j'ai choisi une tenue, des chaussures légères : je voulais pouvoir marcher d'un pas leste, me sentir libre comme l'air, légère comme une plume. Pas de sac, rien à tenir, porter : personne ne saurait que j'avais deux enfants, qui dépendaient de moi pour absolument tout. J'ai longé le pré, traversé l'immense prairie qui s'étendait jusqu'à la rivière, un peu plus loin, les yeux rivés sur les herbes folles ; sentir l'appel de l'horizon. Le soleil émaillait la verdure d'effluves envoûtants, les kayaks et les cygnes voguaient paisiblement sur l'eau. Une journée bruissante, frémissante ; face au vent, sentir son souffle vif et doux caresser mon visage.

J'ai marché un long moment, croisé quelques couples d'étudiants, main dans la main, intercepté leurs discrets bavardages, plusieurs bibendums en bas âge lancés à toute blinde sur leurs tricycles, pieds en rase-mottes sur les pédales. C'est en sueur, fatiguée, que j'ai fini par arriver au pub, de l'autre côté de la prairie ; nous y venions souvent le week-end, avec les garçons, les enfants commandaient des diabolos menthe et des chips, et les parents profitaient d'un instant de répit, croqué sur le vif, au milieu d'autres familles adeptes du même rituel. En semaine, l'endroit était plus tranquille. De vieux messieurs qui bavardaient gaiement – l'un d'eux, fier comme un coq, paluchait d'une main sa panse rebondie, une pinte de mousse ambrée, houleuse, prête à chavirer dans l'autre. Un couple qu'on venait tout juste de servir, madame pinaillant déjà sur le contenu de son assiette, inspectant chaque morceau de *fish & chips* en le retournant entre ses couverts. Un bon nombre de tables vides. Pourquoi ne pas déjeuner, profiter de la terrasse, même ? Je me suis dirigée vers le fond de la salle, là où l'espace venait à manquer pour y caser des tables, où les murs se couvraient de boiseries biscornues aux motifs floraux, d'alcôves tarabiscotées, de recoins sans issue.

C'est là que je les ai vus. Attablés tous les deux. Jake et Vanessa. Ils déjeunaient, en tête à tête. Vanessa avait presque terminé ses lasagnes : devant elle, quelques stries rouge tomate hachées de restes de viande et de pâte, une feuille de laitue qui pendouillait au bout de sa fourchette. J'avais les yeux rivés dessus, quand Jake m'a vue, a aussitôt bondi de sa chaise. Impossible de détourner les yeux de ce fichu morceau de salade verte jusqu'à ce qu'il disparaisse dans sa bouche.

Lucy ?! – Qu'est-ce que – ? Je – On ne faisait que discuter de notre audition, avec V – euh, Vanessa. On parlait de l'enquête, quoi, oui, voilà.

Je ne voulais pas – je ne pouvais pas – voir son visage en face, ses multiples visages, son regard s'altérer sous l'effet du mensonge. J'ai filé aussi sec, percuté quelques personnes au passage : une femme a renversé son verre, m'a crié dessus. J'ai tracé tant bien que mal jusqu'à la prairie, un pas, un mot, un pas, un mot.

On

ne

faisait

que

discuter

On

ne

faisait

que

discuter

Il disait peut-être vrai. Mais pourquoi m'avait-il menti, ce matin, en me regardant dans les yeux, en plus ? J'étais certaine que Jake avait employé le masculin pour évoquer son collègue, *il* me revenait en tête à présent, *il* se foutait bien de ma gueule. Et pourquoi avoir choisi ce pub ? Ce n'était pas un pub du centre-ville, certes, mais il se trouvait tout de même dans le périmètre universitaire. Tous deux avaient dû supposer qu'ils n'y croiseraient pas grand monde en semaine.

Vanessa avait juste eu le temps de tourner la tête avant que je ne déguerpisse. Son expression, à elle, ne m'avait pas échappé : visage sans l'ombre d'un remords, rien, une page blanche, comme si elle ne m'avait jamais vue auparavant. La rivière, ce long bras liquide et rassurant, se brouillait à présent sous le vent, impassible, impétueuse, et charriait dans ses eaux glacées le regard de Vanessa.

Les arbres me fouettaient le visage. Tee-shirt collé aux aisselles. Moiteur de ma nuque. Et cette douleur que je sentais irradier dans ma poitrine, d'un seul coup ; comme si mon cœur s'embrasait, tel le Sacré-Cœur ardent des statues religieuses. Visualiser, en moi, ce cœur en flammes, en nage, en sang.

Une fois rentrée, j'ai envoyé valdinguer mes chaussures dans le hall. Encore une heure avant la sortie de l'école. J'ai fait les cent pas dans la maison, paumes pressées tout contre mes paupières, ongles enfoncés sur l'arcade sourcilière. Mes mains m'avaient toujours paru si délicates, de petites mains douces, presque semblables à celles d'une enfant, et plus je les observais de près plus leur trame tissulaire me paraissait dense. Elles me semblaient différentes, elles semblaient s'être épaissies, agrandies, allongées même, recourbées à leurs extrémités. En fin de compte, pas des mains faites pour prendre la plume – écrivaine ou universitaire, c'était du pareil au même. Non, ces mains semblaient faites pour autre chose.

Je suis ressortie en claquant la porte, sans vérifier – contrairement à mon habitude – qu'elle s'était bien fermée derrière moi. J'ai marché en direction de la rue commerçante : j'avais en tête une liste de choses dont j'aurais besoin. Le long du trottoir, à travers le ciel, j'ai vu se dessiner le plan détaillé du reste de ma journée : je serais de *bonne* compagnie, un modèle de serviabilité, d'une patience sans limites avec les enfants, je garderais mon calme, j'accueillerais à bras ouverts leurs chamailleries et leurs petits bobos.

Je me retirerais dans ma chambre quand ils n'auraient plus besoin de moi, esprits absorbés l'un par l'autre ou la télévision. Je me posterais à la fenêtre, je regarderais au loin, le pré, les arbres, leurs graciles silhouettes, longilignes, immuables, témoins de choix pour me donner un signe, le signe que j'étais bel et bien toujours vivante.

C'est la dernière fois. Il s'allonge, il fait nuit, chaud, il a relevé son tee-shirt, détourné la tête.

*

* *

La première entaille semble ne rien lui faire. Jake est toujours allongé, immobile, les yeux fermés, paisible, il paraît n'avoir rien senti.

Je prends un mouchoir, pour interrompre dans sa course la goutte de sang que je vois glisser sur sa cuisse, avant qu'elle ne coule sur le lit, ne vienne tacher les draps. Elle imprègne le carré de cellulose en un cercle diffus ; prunelle dilatée, rubescente.

Ça va ? Pff, quelle question. L'anesthésiste m'avait posé la même, au moment où le chirurgien me déchirait le corps en deux.

Mais Jake me fait oui de la tête, sans même ouvrir les yeux. Ce que j'interprète comme une autorisation, une invitation à poursuivre. J'imagine que, si nous devions en rester là, il se serait redressé, il m'aurait signalé d'un geste qu'il avait eu sa dose. Il n'a cependant pas bougé. Il demeure étendu, immobile.

*

* *

Ce rasoir n'est pas fait pour se raser les jambes. Pas de revêtement en silicone, pas d'embout lubrifiant. C'est un rasoir *à double tranchant*, un *coupe-chou*, un instrument que Jake n'a quasiment jamais utilisé. Acheté sur un coup de tête, un effet de mode, sur Internet, et presque aussitôt oublié.

Un manche en bois galbé, aussi lisse que la coque d'un bateau. Une lame étincelante, longue d'une dizaine de centimètres. *Un rasoir écolo*, m'avait-il dit. Il m'avait également dit avoir visionné des tutos, qui montraient des hommes se raser avec hyper facilement, au plus près de jour en jour, gestes vifs et précis face au miroir.

Je me rappelle la fois où il s'était entraîné, un après-midi d'automne, il s'était déjà coupé avec, et nous avions tous les deux grimacé de douleur en voyant ce sang perler sur la porcelaine du lavabo, goutte après goutte écarlate, une à une.

*

* *

Quand il est rentré, tout son corps s'avouait déjà vaincu, il y a consenti immédiatement.

Jamais deux sans trois. La troisième fois : celle qui était censée faire toute la différence.

Vas-y, montre-moi de quoi tu es capable, Lu. Commissures des lèvres très légèrement tirées, le simulacre d'un sourire. Regard fixé sur le sol, sur ses doigts. Il n'a pas osé lever les yeux vers moi.

Son souffle sentait encore la bière, et toujours cette vision : Vanessa de dos, la feuille de salade plantée sur sa fourchette. D'autres détails avaient refait surface dans mes pensées, au fil des heures.

En passant à la caisse avec ma bouteille de désinfectant, j'avais revu une expression sur le visage de Vanessa, une de celles de la fameuse soirée de Noël, un mélange de pitié et de mépris.

En allant coucher les garçons, je revoyais soudain sa jupe, sous la table. Du cuir, je crois bien. Et ses bottes : vernies, lui arrivant au genou, talon bobine.

Ses jambes croisées. La courbe sculpturale de sa nuque, le sillon que creusait la bretelle de son soutien-gorge.

Ses pieds : entortillés à ceux de Jake ? J'avais beau essayer, impossible de m'en souvenir, impossible de savoir.

*

* *

C'était l'idée de Jake, de le faire sur sa cuisse. J'ai fermé, rouvert les paupières – est-ce que je vois ce que je vois ? –, quand il a enlevé son pantalon, remonté son caleçon.

J'ai senti ce pouvoir en moi, dont c'étaient toujours les autres qui avaient été investis jusqu'alors : médecins, infirmières, sages-femmes, leurs mains qui s'agitent au-dessus de mon corps. Libres d'en faire ce qu'ils voulaient. Dans les quelques secondes qui précédaient leur décision, cette familiarité qui se glisse sous un masque ; passer du déjà-vu quelque part à ne plus y voir clair du tout.

Je n'ai jamais voulu garder les yeux ouverts dans ces moments, comme Jake, là, maintenant. J'ai toujours préféré fermer les yeux.

*

* *

La lame s'enfonce plus profondément. Mais. Il y a un mais. Ce n'est pas une goutte, mais un torrent. C'est un mur, une vague, une lame de fond. *Ma faute.*

Ce n'est plus le silence qui afflue, mais des cris, ni moi ni lui, et tous deux à la fois – un cri indistinct qui noie nos pensées, et son corps, et mes mains, qui jaillit à vau-l'eau par la fenêtre pour s'évaporer sous le soleil.

34

J'ai d'abord essayé d'arrêter l'hémorragie par mes propres moyens. J'ai comprimé la plaie avec du papier-toilette, mais le sang s'écoulait trop rapidement. Jake me hurlait dessus, le regard affolé, me donnait des recommandations paniquées, contradictoires.

Mais t'as appuyé fort comment, au juste ? m'a-t-il demandé à un moment, les yeux hagards, exorbités, comme s'ils étaient sur le point de se retourner dans leurs orbites.

Je n'ai rien dit, il n'y avait rien que je puisse dire. Impossible de me rappeler le moment où j'avais enfoncé la lame – le trou noir. À quoi bon répondre à la question, de toute façon ; tout ce qui comptait, à présent, c'était de stopper le sang, ce sang qui ne cessait pas de couler. *Tu savais très bien que ça arriverait*, me répétait en boucle une voix dans ma tête. *Tu l'as fait exprès.*

Ferme-la ! j'ai hurlé tout en détournant la tête, comme si j'allais rendre le contenu de mon estomac.

Hein ? Jake paniquait, il gigotait comme un asticot.

Je vais devoir appeler une ambulance, ai-je repris d'une voix plus mesurée ; le vieux pyjama rose que je tenais pressé contre sa jambe s'empourprait à vue d'œil, impression rétinienne violacée, comme ces veinosités bariolées que l'on voit sous le pli des paupières. Jake avait, quant à lui, perdu toutes ses couleurs, visage livide, front luisant, un teint de papier glacé.

Un haut-le-cœur. J'ai eu le réflexe de baisser la tête, de me couvrir la bouche. *Un accident. C'était un accident.*

La femme que j'ai eue au téléphone semblait furieuse contre moi. *Elle sait très bien ce qui est arrivé* – je ne pouvais pas me retenir de le penser. *Je suis sûre qu'elle sait déjà tout dans les moindres détails.* Elle n'arrêtait pas de me poser des questions : est-ce qu'il respire ? A-t-il les yeux injectés de sang ? Toutes ces questions tournaient autour de Jake, se souciaient uniquement de son corps ; elle ne semblait pas se soucier du déroulé des événements. *Un accident*, j'avais précisé dès le début. *Un accident de rasoir.* Il ne me semblait pas nécessaire d'ajouter quoi que ce soit.

L'ambulance sera là dans cinq minutes, a-t-elle fini par me dire de sa voix étrangement monocorde. *Veillez à ce que la porte soit bien ouverte. Assurez-vous que l'équipe médicale puisse pénétrer dans les lieux.*

Ça ne servait à rien, toutefois j'ai acquiescé, reposé le téléphone sur le lit.

Le regard noyé un instant dans le creux de mes paumes, j'y ai enfoui mon visage, mais ces mains rugueuses ne me réchauffaient ni la peau ni le cœur. J'avais tout essayé, à quoi bon ? Des pensées à tire-d'aile, pareilles à une nuée d'étourneaux sous mon crâne – étourdies par les chocs, butant contre la paroi osseuse dont elles cherchaient en vain à s'extirper.

Je me suis efforcée de penser à autre chose, j'ai cherché un truc à dire. *J'en reviens pas !* D'ici quelque temps – quelques semaines, quelques années –, il y aurait de quoi en rire, certainement. Pas vrai ? Mais Jake a de nouveau fermé les yeux, et cette fois il n'avait plus l'air paisible d'un enfant endormi : ses paupières se sont serrées, vissées comme des couvercles, crispées, calfeutrées de douleur.

Nous y sommes : c'est la troisième fois. Impossible de revenir en arrière, à présent.

Du sang, jamais elle n'en aura fait couler autant. Sous ses ongles. Sous sa langue, allez savoir. De ses doigts à sa bouche.

Elle peut se rincer, cracher tant qu'elle veut, le sang ne s'en ira pas. Elle en avait oublié le goût : asphalte brûlant, avant-bras ruisselant, le chlore de la piscine. La saveur d'une salle d'accouchement : la saveur de l'avenir.

35

En tirant bien les rideaux tout autour, nous avions un semblant d'intimité. Délimité dans un rectangle : un lit, une perfusion, sa poche de liquide suspendue, une chaise où je puisse m'asseoir. Les parents de Jake étaient restés auprès des enfants, depuis hier soir, après un coup de téléphone, une brève explication mensongère. Jake devait sortir dès le lendemain ; on avait préféré l'anesthésier, au risque que la plaie s'infecte, pour lui faire des points de suture, un nombre hallucinant.

Sa chambre était à un étage élevé, et il bénéficiait du lit le plus proche de la fenêtre. Pendant que Jake dormait, assommé par la douleur et les médocs, je me postais à la fenêtre, d'où la vue surplombait tout le pôle chirurgical, et j'observais les travaux dans une aile adjacente du centre hospitalier, les grues, les pelleteuses, comme autant de traces vives et de taches colorées sur le ciel délavé. Les dernières fois – les seules fois – où nous étions venus à l'hôpital ensemble, c'était pour la naissance de nos enfants. Ici, le temps ne s'écoulait jamais, ça m'avait déjà frappée à l'époque : le temps stagnait, s'enlisait, pataugeait.

L'unique fois où ma mère avait dû être hospitalisée, nous n'en avions rien su. *On lui a retiré les dents de sagesse*, c'était ce qu'on nous avait dit, et pendant des années – plusieurs dizaines d'années –, pendant tout ce temps, j'avais cru qu'après une opération dentaire on se retrouvait avec des bosses, des boursouflures autour des yeux et de la bouche, les joues badigeonnées aux couleurs de l'orage – bleu indigo, vert bouteille, traînées de mauve.

Les enfants ont la capacité de passer outre à l'invraisemblable, m'avait-on expliqué plus tard. Certaines choses, qui n'ont absolument aucun sens – une *minerve*, un plâtre au poignet –, deviennent plausibles, se fondent dans le reste du décor, parachèvent le tableau. Ce n'était pas le même hôpital et pourtant, il y ressemblait en tout point. Même revêtement au sol, même modèle de fenêtre – double-vitrage, châssis plastique, battants scellés – que celle d'où je contemplais les nuages lézarder le jour.

J'ai senti le rideau bruire derrière moi, un geste maladroit, comme si quelqu'un cherchait à frapper avant d'entrer. Une toux discrète, masculine.

Madame Stevenson ? D'une voix claire, autoritaire. Les rideaux se sont ouverts. Une blouse blanche, un visage hâve. Le médecin m'a demandé si, en dépit de son *absence d'antécédents* présumée, Jake n'avait pas de soucis de santé particuliers.

Tempérament autodestructeur ? Tentatives de suicide ? À chaque question, j'ai répondu non, les yeux baissés. Je savais que ce médecin avait été formé pour détecter les gens de mon espèce : les menteurs, les sadiques. Les monstres. Je me suis surprise à enfouir mes mains dans mes poches, à planter mes ongles dans ma chair. J'avais nettoyé le rasoir, puis l'avais jeté dans les ordures, enseveli sous les sachets de thé et les peaux de banane, sous l'amas de déchets hebdomadaire.

Je me suis dit qu'à tout moment je pouvais être arrêtée : j'imaginais sans cesse ces hommes qui m'emmèneraient, comme un gang de malfaiteurs, visages cagoulés, qui me traîneraient sous les néons blafards de l'hosto, leur répugnance instinctive au moment de me passer les menottes.

Le médecin m'a interrogée et je lui ai répondu, la bouche sèche, tordue, variations tantôt graves, tantôt aiguës dans ma voix.

Je suis entrée dans la chambre, il tenait le rasoir dans sa main. Il y avait du sang partout…

Pendant toute la durée de notre entretien, Jake était toujours plongé dans un profond sommeil, sa poitrine se soulevait délicatement à chaque inspiration, comme si de rien n'était – sans doute avait-il rejoint le royaume des rêves. Des membres du personnel médical allaient et venaient dans le couloir, certains passaient une tête pour entrapercevoir ce qu'il se passait derrière les rideaux. À un moment, deux infirmières sont venues dans la chambre ; j'ai bien vu le regard qu'elles m'ont lancé, leur façon de se retourner vers moi, une seconde fois, comme pour vérifier.

La culpabilité – si tant était que j'avais bien identifié ce sentiment – me pendait au cou, me voûtait les épaules, du poids d'un animal mort, une sensation physique, charnelle. Impossible de détacher mon regard du sol, de ces carreaux brillants, dalles couvertes de microbes, tout un tas de maux invisibles à l'œil nu. C'était un cas de maltraitance, n'est-ce pas ? Une affaire de *violence conjugale*. Je méritais bien qu'on me regarde de travers, et pas seulement. Ce que Jake m'avait fait, lui, n'était pas un crime. J'étais à deux doigts de dire la vérité. Tout à coup, j'aurais voulu qu'on m'emmène, qu'on me châtie, qu'on me punisse, que je reçoive mon châtiment, quel qu'il soit. Mais le médecin ne m'accusait de rien, de rien du tout ; il croyait au contraire que j'accusais le coup.

Merci pour ces informations, madame Stevenson. Je comprends bien que cette épreuve doive être difficile pour vous. Madame Stevenson ?

Mme Stevenson a relevé la tête. Une femme, dans une chambre d'hôpital, venait de s'entretenir avec le médecin. Elle a relevé, puis a hoché la tête. Elle a remercié le médecin – le Dr Davies. Elle a préféré détourner le regard aussitôt, pour ne pas avoir à lui serrer la main. Elle a senti le rideau dans son dos, vu son mari – M. Stevenson – allongé à côté d'elle, ses boucles blondes sur l'oreiller, son visage blême. Elle a regardé par la fenêtre à nouveau, déroulé des kilomètres et des kilomètres de ciel qui s'étiraient vers un horizon inconnu. Le ballet des voitures sur le parking, feux allumés, voyants rouges et brillants, flambeaux neufs, annonciateurs d'un événement à venir. Des groupes d'hirondelles au-dessus d'un champ, puis d'un autre ; elles s'entraînaient, *pour leurs ailes*, lui avait expliqué Paddy en rentrant de l'école, une fois. Se préparer pour leur grande traversée. Une répétition générale, un tour de chauffe avant des mois et des mois de vol – de vol ininterrompu.

Elle croit encore savoir ce qu'elle fait. Elle se dit qu'elle finira par rentrer à la maison, faire la popote pour ses enfants, ses beaux-parents.

Elle sourira de bon cœur, cœur sur la main, main à la pâte. Elle saura comment s'y prendre, pour tout arranger.

36

Je suis sortie de l'hôpital, aveuglée par la lumière du jour. La tête me tournait, mes pensées virevoltaient tout autour – le parking, les patients encore en blouse d'examen qui semblaient léviter de leur pas traînant, à m'en donner le tournis, les hauts bâtiments qui se profilaient à l'arrière-plan, indistincts, puis si grands tout d'un coup.

J'ai marché quelques mètres : démarche mal assurée, un vrai patapouf, le poids que je traînais sur le dos se faisant encore plus lourd. Je savais qu'il me fallait bouger, me déplacer plus vite, fuir la lenteur que présumaient des pieds qui foulaient le trottoir. J'ai sauté dans un taxi, collé mon front à la vitre, donné mon adresse au chauffeur sans même rouvrir les yeux. J'avais déjà reçu un SMS de ma belle-mère ; je savais qu'ils étaient tous au parc, qu'ils y resteraient encore quelques heures, les garçons mangeraient des glaces, s'en donneraient à cœur joie sur le toboggan, n'y verraient que du feu.

La maison, déserte, m'a accueillie comme une étrangère – je ne semblais la bienvenue dans aucune des pièces. Par endroits, le soleil d'après-midi me faisait barrage sur les murs. Un vase, bleu, un cadeau de mariage, des photos encadrées de gris métallisé : une famille, l'air heureuse. Des magazines, des chaussures, des lettres, des jeux de cartes. Le moindre objet me semblait doué de raison, capable d'émotions ; le dinosaure en peluche tout triste ; la pile de vaisselle n'était dans l'évier que pour m'incriminer. C'était une très mauvaise idée, je le voyais bien maintenant, de m'être autant attachée à cet endroit, rien qu'un vieux tas de briques et de bois, qui ne m'appartenait même pas.

J'ai enfourché péniblement mon vélo et me suis mise à pédaler comme une dingue, comme si aujourd'hui était un jour semblable aux autres, je me suis élancée à toute vitesse vers nulle part, sans aucune idée d'où j'allais.

J'avais toujours aimé faire du vélo, les roues comme des toupies entre mes jambes, c'était aussi naturel pour moi que de marcher, voire davantage, à la cool ou à fond la caisse, peu importe – parfois si vite que j'avais l'impression de décoller du sol. Des années auparavant, avant que je décide d'abandonner mon doctorat, il m'arrivait de passer des journées entières à faire le tour de la ville – la copie quasi conforme de celle où nous habitions maintenant –, je passais devant tous les *colleges* avant de rejoindre la campagne, j'imaginais me cacher derrière une vache, et me rouler dans la boue. Tout aurait été prétexte à ne pas retourner à la bibliothèque. J'avais remarqué que ma motivation flanchait de plus en plus – j'étais gagnée par l'espoir, et non la peur, de tomber enceinte, d'en finir avec ces livres une bonne fois pour toutes.

Là, je crevais la dalle, un appétit féroce qui ne m'avait pas quittée malgré tout, comme si mon estomac n'était qu'une machine qui se passait très bien de mon cerveau pour fonctionner à plein régime – une faim dévorante. Je me suis arrêtée dans un fast-food, j'ai commandé un menu XXL, je me suis assise dans un box, sur une banquette cracra. Manger remplissait toujours son office, les pensées annihilées par la sensation, par la mastication, métabolisation d'objets solides sous un flot de salive, à chaque bouchée, chaque gorgée, le sel dissous par une boisson gazeuse, sur la langue, les doigts dégoulinant du gras sécrété par la viande.

Mais j'avais à peine fini, la peau du ventre déjà bien tendue, que mes pensées revenaient à la charge : c'était David Holmes qui me toisait de ses sourcils grisonnants :

Je crois au pardon. Vous aussi, je me trompe ?

Le pardon est un don divin, c'était ce que j'avais appris quand j'étais petite. Alors, quand j'ai vu mon père frapper ma mère pour la première fois, j'ai décidé de lui pardonner. J'ai fermé les yeux, j'ai prié Dieu de m'accorder Son aide – qu'Il fasse pleuvoir Ses étincelles de douce lumière pastel sur cette image, cette image qui tournait en boucle dans ma tête, cette vision de ma mère sur le sol. En l'espace de seulement quelques heures, mes sentiments à l'égard de mon père avaient changé du tout au tout. Quand il me demandait comment j'allais, je ne prenais plus mon air renfrogné pour éviter la question. J'ai commencé à lui répondre, *Ça va, merci*. Je lui avais donc pardonné, semblait-il, Dieu m'était venu en aide ; l'affaire était classée.

Mais, petit à petit, je me suis aperçu qu'un autre sentiment s'était niché à l'intérieur de moi. Cette vision de ma mère – à genoux sur la moquette – ne s'était pas effacée de ma mémoire, elle s'était seulement transformée. Ma colère s'était diluée, décolorée, on l'avait estompée pour qu'il n'en subsiste plus qu'une fine trace, presque imperceptible. En as de la dissimulation, elle opérait en secret ; et c'était une telle pro en la matière que je la confondrais – pendant des mois, des années entières – avec tout autre chose.

En primaire : un garçon qui en pinçait pour moi. Qui me poussait contre le mur d'enceinte de la cour d'école, disait que c'était pour de faux, juste pour rire.

Une fois, il m'avait fiché son pied dans l'estomac. Sous le préau, dans un coin, et pan ! contre le mur de briques. Dans mon champ de vision : l'extrémité biseautée d'une voilure qui fend les nuages.

Mon premier baiser : un certain Mike, qui m'avait bloqué le passage, devant une porte, en me disant que si je voulais entrer, j'étais obligée de l'embrasser. L'intérieur de sa bouche : une grotte humide, une caverne dont je craignais ne jamais pouvoir m'échapper.

Quelque part, au fond, à l'entrée de sa gorge : un harpon menaçant.

37

Quand j'ai quitté le fast-food, il faisait encore jour – un ciel à l'apogée d'un bleu électrique –, à-plat voilé, pigments édulcorés sur le pourtour de la ville. Je me suis assise sur un banc près de la rivière, où je suis restée en contemplation devant l'eau voyageuse, et ses canards qui se laissaient bercer par le courant. Puis un canot d'aviron a fendu les flots – la barreuse hurlait dans son micro –, j'ai détourné le regard. Et attendu, jusqu'à ce que la voie soit de nouveau libre : sans bateau ni personne. L'eau, latente, point barre.

J'ai jeté un œil à mon téléphone, toujours enserré dans ma paume. Là, j'ai levé le bras bien haut, pour l'envoyer en l'air : un geste anodin, en soi, si bref, une seconde, même moins. Un de ces instants insignifiants qu'on oublierait plus tard. Comme le rasoir. Qui appuie plus fort. Et le téléphone, perforant le ciel, et plouf, dans l'eau, le voir couler aussitôt, si facilement. Autant en emporte le vent.

Un coup d'œil rapide alentour, pour vérifier que personne ne m'ait vue. Et si c'était un crime ? Jeter mon téléphone dans la nature ? Polluer la rivière. Petite, j'étais terrifiée à l'idée de devenir une voleuse, sans même le vouloir ; de voler, accidentellement, fourrer un truc dans mon sac par inadvertance, sans m'en apercevoir. J'imaginais le moment où je devrais vider mon sac, et me rendrais ainsi coupable, sans même le savoir, presque malgré moi.

Si mon père me prenait en flagrant délit, c'était la rouste, sur les cuisses, les mollets, rien de bien méchant – mes copains étaient logés à la même enseigne. Le pire, et de loin, c'était le regard qu'elle me lançait, elle. La déception affichée de ma mère : un foyer d'énergie tel qu'elle aurait pu alimenter tout un pays.

Je suis désolée, maman, je lui disais avant d'aller me jeter sur mon lit, douleur lancinante sur ma cuisse, meilleur remède qui soit – simple, efficace – avant que ne reprennent les cris habituels. *Non mais c'est quoi, ces manières ? Qu'est-ce que tu peux être bête !*

Ma mère me disait de prier Dieu chaque fois que j'étais en colère. Pour qu'Il m'aide à devenir une meilleure personne. *Ma gentille fille.* Elle aimait bien que je m'agenouille auprès d'elle, devant l'autel, que nous tendions les mains ensemble pour recevoir l'hostie, nos deux genoux collés l'un à l'autre sur le velours rouge.

Dans ces moments-là, je n'arrivais jamais à regarder le prêtre dans les yeux sans que ne me vienne une pensée honteuse. Sous sa robe, j'imaginais sa bite, sa paire de couilles ballotter entre ses jambes, comme le faisaient les cloches. Les cornets encroûtés de ses fosses nasales, sa langue, une limace visqueuse. Je songeais à lui renfourner son hostie dans *sa* bouche, à ses yeux qui sortiraient de leurs orbites parce qu'il ne l'aurait pas vue venir, celle-là. Je n'avais jamais été la gentille fille à sa maman.

J'ai fait de mon mieux, putain ! J'ai réalisé que j'avais lâché cette phrase à haute voix, pourvu qu'on ne m'ait pas entendue. Personne : rien que des arbres, leurs feuilles nappées des reflets rosés de la ville. Et là, un cygne solitaire, qui se laissait glisser sur la rivière ; une femelle, j'en étais sûre – son cou décrivait un arc semblable à un point d'interrogation, la discrète courbe de ses plumes pareille à un *oui* esquissé à la surface de l'eau.

Les premières harpies que j'ai vues représentées : le visage presque absent, minces fentes à la place des yeux, et pour cheveux d'épais traits noirs, de longues lignes sinueuses qui semblaient flotter au vent.

On dirait mes cheveux, *je disais, enfant, en caressant la page, ces traits noirs, ces ailes squelettiques.*

Pas du tout, *me répondait sèchement ma mère, s'empressant de tourner la page.* Tu n'as rien à voir avec elles.

38

Au fur et à mesure que je pédalais en direction du centre-ville, je croisais des groupes de jeunes qui s'étaient visiblement apprêtés pour la soirée, une soirée aux températures clémentes, chemises à manches courtes, robes minuscules. Je me suis rappelé que c'était vendredi soir. Quand avais-je passé un vendredi soir digne de ce nom pour la dernière fois ? J'ai songé à ma toute première vraie soirée, la robe bleu outremer à dos nu que j'avais mise, sans soutien-gorge. Je me rappelais avoir embrassé une quinzaine de garçons ce soir-là, leurs mains sur mes hanches, et comme l'excitation avait si naturellement cédé la place au remords – une frontière quasi inexistante.

Répète un peu, pour voir ? avait crié ma mère, quand je lui avais raconté comment s'était passée la soirée.

Quelle petite salope ! Un seul garçon ne te suffit pas ?

Je m'étais recroquevillée en boule, j'avais senti mes jambes se gangréner soudain – voilà que je pouvais ajouter un mot supplémentaire à ma litanie. *Salope.* Ma mère avait éclaté de rire, pourtant, puis elle m'avait fait un câlin, je m'en souviens. *Bécasse, va.* Elle m'avait même embrassée sur le front.

Debout sur les pédales, je m'efforçais de longer les arbres, les bâtiments, de détourner la tête vers le trottoir. J'avais fini par me dire qu'il était tout à fait possible que Jake ait lâché le morceau, et que du coup on se soit lancé à ma recherche. Ma photo circulait peut-être déjà sur Internet, avait peut-être déjà été placardée sur les murs. *Une femme agresse violemment son mari*. Aussi étais-je rassurée de voir qu'aux yeux des groupes de gens que je croisais, couples, étudiants, mecs bourrés en chemise échancrée, je semblais au contraire plus invisible que jamais.

On dit souvent que les femmes d'*âge mûr* deviennent invisibles aux yeux de la société mais, à mon sens, le phénomène se produisait beaucoup plus tôt : la faute à la maternité, aux vêtements froissés, aux auréoles sombres sous mes paupières fatiguées, mon regard fuyant, mes jambes toujours pressées – tout ça, c'était leur faute. Évidemment, il y avait toujours des femmes pour voir ce genre de choses, pour faire une remarque sur un jean un peu trop moulant, une couleur de cheveux plus seyante. C'étaient les hommes qui ne me voyaient plus. Même lorsque je me suis arrêtée sous un échafaudage où travaillaient encore, à cette heure tardive, quelques ouvriers : aucune remarque, pas le moindre sifflement. Juste leur musique à fond, et des rires – c'était peut-être de moi qu'ils riaient, d'ailleurs. Juste des hommes qui se marraient ensemble, laissaient pendre leurs jambes au-dessus du trottoir sans se soucier le moins du monde d'une éventuelle chute.

Voûtée sur mon guidon, épaules remontées jusqu'aux oreilles, j'ai pédalé de plus belle. Adolescente, j'étais presque bossue, à force d'essayer de cacher ma poitrine. À force de cacher ces seins qu'on ne saurait voir.

Tiens-toi droite, me répétait mon père. Mais j'avais bien vu, moi, ce qui se passait dans ce cas-là. Quand j'allais commander au comptoir, dans un café, dans un bar, les hommes ne me regardaient jamais dans les yeux, ils n'avaient pas besoin de chercher, c'étaient mes seins qui étaient aux commandes. J'ai eu une phase où j'avais perdu du poids – *Lucy les grosses loches*, voilà le surnom que m'avaient donné les garçons de ma classe – et chaque fois que je sortais, je pouvais être sûre d'être emmerdée ; qu'on me suive jusqu'à ma porte. Peu importe que ce soit dans un magasin, la rue, la bibliothèque – je restais aux aguets. Des hommes adultes, des hommes âgés, certains même, main dans la main avec leur femme, qui me reluquaient de la tête aux pieds, m'embrassaient du regard.

Une fois, j'étais sortie d'une boîte de nuit seule, après m'être disputée avec une amie, titubant dehors pour trouver un taxi. Le matin suivant, je m'étais réveillée avec une douleur atroce, à l'intérieur. Plus de portefeuille, plus de téléphone. Plus rien, sauf quelques ecchymoses, une sensation d'aigreur qui semblait avoir envahi tout mon corps. *Le trou noir.* C'est comme ça que j'ai découvert que l'obscurité était pleine de trous, que les souvenirs, si brefs soient-ils, pouvaient fuir un à un, ruisseler goutte à goutte. Une odeur musquée ; un mouvement de tête. Des doigts, sur ma taille, sur ma gorge. *Ma faute.*

Longtemps, je me suis couchée en priant la harpie d'attraper ceux qui me faisaient du mal, de les punir, de lacérer leur visage, leurs mains.

J'imaginais leur surprise, quand ils la verraient arriver : une ombre envahissante, qui prendrait forme en vol.

39

J'ai fini par ne plus savoir depuis combien de temps je pédalais – trempée jusqu'aux os, inondée de l'intérieur, comme si mon corps s'était liquéfié sous l'effort, sans pour autant me lâcher. J'avalais une route interminable, à présent, une route dégueulasse, bordée de supermarchés en exil, de garages automobiles, ceinturée de maisons au crépi noirci par les pots d'échappement. Je savais qu'au bout se trouvait une minuscule chapelle, construite pour les lépreux mille ans auparavant. Je me suis demandé si elle serait ouverte, si je pourrais m'y allonger sur un banc et me sentir bénie de quelque chose qui s'approcherait de Dieu. Là-bas, je trouverais le silence, et l'étrange murmure continu du mental, ce curieux ronron de mes pensées à l'unisson qui, je le savais, était à la base de tout, pour peu qu'on y prête une oreille attentive.

Mais je redoutais toujours des choses pires que moi-même : les fantômes et les *serial killers*, les poivrots à l'haleine fétide susceptibles de surgir dans la nuit. Même dans mon état, je me voyais toujours comme une proie ; qu'on veuille mon corps ou me tuer, ça me semblait revenir à la même chose.

En passant devant la chapelle, je ne me suis pas arrêtée ; dans le virage, j'ai jeté un dernier regard au centre-ville qui continuait de s'éloigner derrière moi – cette bulle universitaire tranquille, odeur de mousse et de vieilles pierres, parcelles de verdure nocturne reliées de ponts soupirants entre autres édifices séculaires dont les années n'avaient pas suffi, apparemment, à ternir la beauté.

J'ai retrouvé la rivière : autour de moi, tout commençait à devenir flou, comme si le monde fusionnait en une masse indistincte, se changeant en tourbillon préhistorique de plantes, d'oiseaux ; parfois le vertige d'un fragment de voûte céleste. L'eau parcheminait à mes côtés, noir d'encre, m'invitant presque à y plonger. Je l'ai suivie au coude à coude, déroulant chacun de ses méandres comme un ruban qui n'en finissait plus, jusqu'à ce qu'elle dévie de la piste cyclable, qui rejoignait à son tour le flot interminable des voitures ; les bruits confus, une cacophonie assourdissante d'émissions de radios, de : *Oui chérie je suis en route, on mange quoi ce soir, j'arrive bientôt.*

Là non plus, je n'ai pas fait demi-tour, même là où la départementale enjambait l'autoroute, sac de nœuds suspendus secoués par le vacarme branlant des poids lourds. Rien que du béton, du métal et – quelque part, au lointain – des étoiles. J'arrivais à la ligne de démarcation, ou plutôt d'extorsion, là où le prix de l'immobilier s'effondrait brusquement, où les proprets parements gothiques faisaient place à une géométrie minimaliste : au tracé impeccable d'un champ de blé, aux boucliers cotonneux des nuages. Les voitures me frôlaient de trop près, se fichaient bien que leurs rétroviseurs approchent mon guidon de quelques centimètres. J'ai pédalé et pédalé encore, le long des haies qui, par endroits, dévoilaient sur le paysage les pleines lueurs du crépuscule, liseré brumeux de rose sur toile de fond topaze en bordure de la ville.

J'ai traversé un village, puis un autre, jambes éreintées de fatigue, muscles meurtris comme des fruits déjà trop mûrs, près de tomber. J'ai songé à rouler encore et encore, jusqu'à la mer, à trois cents kilomètres de là, peut-être. Je pédalerais jusqu'à ce que mes roues s'enlisent dans le sable, jusqu'à ce qu'il me faille descendre de vélo, le coucher sur la plage, et moi avec, que le rivage épouse la forme de mon corps.

Mais je n'irai pas voir la mer : je me dirigeais vers un point fixe, familier, un endroit que je connaissais bien. Au prochain village, j'ouvrirais la brèche de ma mémoire, je raviverais les souvenirs de vies passées. Le portail de l'école, muet et mystérieux, entre chien et loup ; les îlots de verdure obscurcis par la toison des arbres, au pied desquels j'avais sifflé mes premières bouteilles de vodka, pure, gorge d'autant plus râpeuse sur un tapis de feuilles. Dans le virage, une supérette, le beffroi d'une église, un peu plus loin, j'y étais presque – virage devenu trop familier au fil des années, ma déception de voir qu'il était toujours là, chaque fois que je rentrais. Pourtant, à cet instant, ce n'était plus le virage de mes souvenirs : affaissé, distendu, une version terrassée de lui-même, vade-mecum temporel.

Je n'étais même pas sûre, au début, que ce soit la même maison : je ne me rappelais pas ses fenêtres, semblables à deux paupières tombantes de part et d'autre de l'entrée, grimaçante de défaite, comme si la maison se trouvait gênée, se montrait réticente à me voir. Mes parents l'avaient louée à un fermier du coin pour une somme dérisoire, et depuis leur départ toute une série de locataires encore moins recommandables – autant dire des squatteurs – s'y étaient succédé, l'avaient marquée de leur sceau, d'une trace de fumée noire au-dessus de la cuisine, porte d'entrée toute barbouillée de graffitis.

Je n'ai même pas eu à la forcer : les verrous, les cadenas tout rouillés avaient été brisés par ceux et celles qui m'avaient précédée. Qui s'y étaient même éparpillés : canettes de bière, chaussure orpheline, vieux serpentins de latex visqueux. Mes parents avaient toujours été locataires – comme moi –, s'étaient toujours débrouillés pour dégoter des adresses à problèmes. À l'époque, les murs de cette maison, où nous avions élu domicile pour un nombre d'années record, étaient déjà couverts de moisissure, imbibés d'humidité ; à présent la bâtisse tout entière en était ravagée, se grisait dans les moindres recoins d'une mousse verdâtre s'épanchant du sol au plafond, de la toiture au gazon, jusqu'à se répandre à des kilomètres à la ronde, sans clôture ni muret pour la contenir.

Quand mon père et ma mère avaient visité la maison pour la première fois, cette dernière avait fait remarquer qu'elle leur avait plu justement parce qu'elle était isolée. *Une maison individuelle.* Pas de voisins indiscrets. Et ce jardin : un hectare de verdure, de pelouse domestiquée quand bien même les herbes folles cherchaient toujours à se frayer un passage au travers du grillage, que mon père et ma mère tentaient de dompter comme de vulgaires adversaires, en semant quelques graines à la volée, ou à grand renfort de désherbant. La maison en elle-même avait beau s'assombrir aux encoignures, se scarifier de fissures, ma mère s'efforçait de l'entretenir à sa mesure : elle se donnait du mal, comme moi je m'étais donné du mal – en faisait parfois tout un drame. Mon père lui donnait un *coup de main*, tout comme Jake, et il trompait ma mère, comme mon mari après lui.

Je les avais entendus se disputer à ce sujet, ici même, dans cette pièce, où je pouvais voir, si je louchais un peu, leur voix se réverbérer sur les cloisons, grignoter le papier peint comme le faisaient les moisissures – échos-palimpsestes de leur présence. Quand mon père a fini par quitter la maison, juste avant moi, j'avais été frappée, surtout, par le silence : on pouvait presque entendre les mouches voler, alors qu'il n'y avait que ma mère et moi. Des années après sa mort – un après-midi, son cœur l'avait *lâchée* –, il m'arrivait d'oublier qu'elle n'était plus là ; j'aurais voulu l'interroger, lui demander son avis, entendre sa voix rien que pour rattraper ces heures de silence, entre elle et moi.

Aux dernières nouvelles, mon père avait quitté le pays, élu domicile quelque part où il faisait bon et chaud. Pas étonnant qu'il se soit tiré dans un endroit où les gens semblaient se la couler douce : bonne bouffe, soleil radieux, corps de rêve. Lui n'aurait jamais à souffrir de revoir toute cette crasse, les ronces grimpant sur les volets, la jungle inextricable de ce qui avait jadis été son jardin.

J'ai remonté la piste des chambres, en quête d'objets sur lesquels je ne pourrais mettre la main : de vieux jouets, mon plus beau livre d'images. J'ai cherché ce coin de mur où j'avais griffé mon nom, juste en dessous de l'appui de fenêtre, mais je n'y ai trouvé qu'un reliquat de peinture effritée, un vide, un blanc. Je pouvais sentir, sous le silence, la présence des gens qui avaient vécu ici, après nous, la trace mouvante de leurs pas anonymes.

Il y avait un matelas posé, dans un coin de la chambre, une vieille couverture. Je me suis couchée sur le côté, j'ai senti tout mon dos fondre, chacune de mes pensées exsuder des pores de ma peau, brûler la mèche de mon corps par les deux bouts, comme la cire d'une bougie ruisselante sur mes épaules, mes bras, mes jambes. J'étais vidée, complètement exténuée – et pourtant tout semblait affluer de sueur et de flammes alentour, mon corps se dissolvait à la surface du sol, au contact du matelas, aux confins du moi, au commencement du monde.

Encore un peu de lumière à travers la fenêtre : la dernière de ce jour, faibles lueurs indifférentes. Personne à voir, ni rien à faire. Juste cette fenêtre, une fenêtre sans doléances. La porte, se suffisant à elle-même, qui n'avait aucun besoin à satisfaire, aucun ordre à donner. Mon pouls palpitant, la sensation de mes bras, de mes jambes, au contact de la couverture. Ma peau brûlante, presque en ébullition. J'ai fini par enlever mes vêtements, un à un, couche après couche, sans parvenir à faire abstraction du matelas dégueulasse, mais d'autres sensations semblaient prendre le dessus.

Quel soulagement de gratter, gratter ma peau encore, sous la corne incurvée, acérée de mes ongles – une délivrance indicible, absolue. Cette sensation, souvenir d'un voyage dans un pays lointain, comme j'en avais trop rarement fait, enfant ; les piqûres de moustiques que ma mère m'avait dit de ne surtout pas gratter, mais trop tard, l'envie était trop forte, irrépressible, et quel bonheur alors de *sentir* la réponse qu'apportait ma main à mes souffrances. J'ai repensé aux moufles destinées à ce que les garçons ne se grattent pas et qu'ils avaient dû porter à leur naissance, à la tête que tirait Ted, la seule et unique fois où j'avais oublié de les lui mettre, sans doute trop occupée à autre chose. Son visage lacéré de griffures qu'il s'était lui-même infligées, front, joues, menton, striés de rouge. *Mon bébé, mon bébé*, m'entendais-je gémir encore. Tout abîmée, mon œuvre gâchée. *Comment avais-je pu laisser ça arriver ?* Voilà ce que je m'étais demandé – j'aurais dû intervenir, l'en empêcher, d'une façon ou d'une autre.

Je me suis levée, soudain prête à partir, à enfourcher de nouveau mon vélo et à pédaler dans la nuit, juste pour retrouver la douceur de leur peau, sentir leur souffle chaud. Mais l'obscurité était totale à présent : rien que du noir au travers des fenêtres. Je me suis laissée tomber à genoux sur le matelas, et j'ai fermé les yeux, lumières dansantes à la lisière de mes paupières, un rugissement dans mes oreilles, une bourrasque pareille au vent ébouriffant la cime des arbres. Une main griffue sur le crâne, épaules voûtées, comme si le poids que j'avais sur le dos était celui de deux mains cherchant à me clouer au sol.

Et là, l'espace d'un instant, rien de tout ça ne m'a semblé avoir eu lieu : je suis à la maison, auprès de mes trésors. Il faut croire que je rêve, je plane littéralement, me voilà survolant les clochers des églises, les chantiers, les cours de récré. Tel un oiseau, aucun détail ne m'échappe : un vêtement étendu sur le sèche-linge, dans un jardin, les lettres brodées sur l'étiquette. Rien ne me retient, je surfe sur la crête des vagues, voltige sur le pont des bateaux, sans plus voir la terre ferme ; l'horizon sans cesse s'éloigne, seule s'étire la distance, le temps n'existe plus : seul *l'ici et maintenant*.

J'ouvre les yeux, j'essaie de me raccrocher aux branches, à ma peau, jouer à pince-mi, pince-moi, je vais bien finir par y voir quelque chose : des bestioles, des croûtes, grouillantes, suintantes. Je cligne, je cligne des paupières – où suis-je –, je cherche, fouille, me creuse la tête, ratisse mon corps, à corps perdu. Envolé, disparu.

Mais voilà qu'au beau milieu de la nuit j'y vois soudain comme en plein jour, et j'éclate de rire : j'ai toujours su que ce moment arriverait, et voilà qu'il est venu.

Car elle, c'est moi.
Moi, ici et maintenant.

QUATRIÈME PARTIE

À mon réveil, j'ai l'impression qu'on me surveille. J'ouvre les yeux ; je vois le mur, la fenêtre comme un animal sur le qui-vive encore, à guetter ma venue.

La vitre est cassée, s'est fendue d'un motif, d'un message. J'ai renoncé à le déchiffrer.

*

Je crois bien que je suis ici depuis plusieurs semaines. Ou alors vingt-quatre heures, les plus longues que j'aie jamais connues. J'ai entendu frapper à la porte, mais ignoré les coups. Pas seulement ignorés, non : je suis restée tapie dans l'ombre.

De ma cachette, je pourrais continuer à la raconter – mon histoire à moi, son histoire à elle. Comment le vent a tourné, pour nous.

*

Un camion passe sur la route principale, il est si lourd que le sol tremble. Mais il est loin, très loin : il ne viendra pas jusqu'ici.

Je roule sur le flanc, relève le menton. Dans mon dos se dessinent deux douleurs distinctes, un bruissement plaintif. Je m'allonge à nouveau.

*

La lumière de ce jour ne me suffit pas, il m'en faut davantage : la plus vive que je puisse trouver, la menace éblouissante du soleil.

Je me redresse, avec précaution – un souvenir me revient, un souvenir post opératoire –, sauf que, cette fois-ci, je ne suis pas coupée en deux, mon corps ne fait qu'un. Mes seins sont rattachés à mon ventre, mon ventre rattaché à mes jambes.

Ils se saluent, se courbent dans une révérence, et là, révélation : mes vêtements, c'étaient eux, qui isolaient les parties du tout.

*

Je parviens à me lever, mes pattes sont légères sur le sol, griffes crochues sur le glacis glissant des papiers de gâteaux, des paquets de chips. Je courbe l'échine pour y goûter, en prélever les dernières miettes sur ma langue.

*

Je crois que les murs n'ont plus autant d'importance. Je grimpe sur le rebord de la fenêtre, je me délecte de l'air frais du matin. Au sol : consistance, chaleur. Dans l'herbe : fraîcheur mentholée.

Je l'ouvre grand, je m'égosille : plus la peine de la fermer, maintenant. Personne ne pourra plus me clouer le bec.

*

Je perçois tant et tant de nuances de vert, chaque vert un visage, un jardin d'agrément. Vert fluo, citron, émeraude, vert de jade, cendré, sarcelle.

Il y a les champs, les bois. Désormais, c'est là-bas, chez moi.

*

Un cri, quelque part, dans le lointain, au village. Juvénile, haut perchée, une voix qui crie le manque. Y associer une émotion, une douleur ou une sensation, mais tous les ressentis se confondent à présent.

Elle et moi avons gaspillé tant de temps à chercher à les différencier.

*

Maintenant, les escaliers, intervalles manquants là où certaines cavités m'invitent à me loger ; mon corps s'habitue, petit à petit. Je vais au jardin, un battement, ne pas écraser l'air comme un tampon, comme autrefois. Laisser l'air me porter.

Je vois qu'il n'y aura bientôt plus de nuages. Je vois tellement de choses. Si je ferme les yeux, j'accède à une carte du monde, un puzzle cartographié sur mes pupilles. Chaque pièce à ma disposition. Je pourrais voir le monde, mais je crois que je vais rester ici. Une vue panoptique de moi-même, ça me suffit.

*

Ce que ça fait, de grandir à nouveau : une flèche en plein cœur, une comète filant tout droit dans l'espace, s'atomisant entre mes os.

Je pourrais consacrer une étude à mon spécimen, la faire lire à tout le monde. Dire qui avait raison et qui avait tort. Quel homme, quel écrivain avait dit un jour que je serais repoussante, habillée de haillons ou assise sur le trône – ah, s'il me voyait là, dans le plus simple appareil !

*

On dirait l'après-midi : le soleil décline. Je crois bien que c'est l'après-midi, quand le soleil décline. Des cloches sonnent, pas très loin.

Je me couche sur le chaume, dans le champ, chaleur brûlante d'un astre lointain, mais lequel, peu m'importe, ma peau dure est rougie comme au fer. À ce moment-là, ça me vient : on pourrait me voir. D'un avion, d'un drone, d'un quelconque engin secret.

Alors je me déplace, je me fonds avec les ombres, les broussailles, la matière du monde me réchauffe.

*

Là, un truc dur, dans l'herbe, une sorte de bâton, ça sent le bois pourri – la vie qui s'immisce dans ses interstices. Brins tressés, corde effilochée : une balançoire, je crois.

J'observe un cloporte ramper sur la pourriture sèche, je m'efforce d'imaginer ce à quoi pouvait bien ressembler cette planche de bois, quand elle s'élançait encore dans le ciel.

*

Je m'approche des arbres : il fait nuit. Je rampe à mon tour, je sens mon ventre effleurer l'herbe. Ventre tigré, bombé, tombant, velu – toucher terre.

La verdure me pénètre – la rosée, les chemins, mes doigts dans la terre, les herbes plus hautes, me frôlant la nuque. Elle happe ma bouche.

L'obscurité n'est pas aussi profonde que je le voudrais : constellée, écorchée, broutée de lumière par endroits.

Là, nous y sommes – la gravité ne me retiendra plus, enfin. Je vais pouvoir m'élancer dans les airs, vers le haut, de l'avant : je me laisserai flotter parmi les étoiles.

*

Je crois bien que j'ai faim, je claque du bec, des dents. Ça se complique, maintenant. J'écoute. Combien de sortes de faim peut-il y avoir : résiduelle, stridente, retentissante.

Il n'y en a plus qu'une seule : mille sensations s'ouvrent à moi, à présent.

Je me dis que ces nouveaux doigts crochus seront utiles pour ramasser les baies dans les buissons, et je ne m'y trompe pas : certaines sont assez basses pour que je n'aie qu'à y planter les dents, d'autres me font me redresser, les arracher, ma bouche douce-amère de leur froid juteux.

Je m'adosse à une souche, repose ma tête contre mon épaule. Je n'ai pas froid, alors que je devrais sans doute avoir froid ; surtout, je n'ai pas peur, quel bonheur, la nuit brille de mille feux noirs devant moi, les arbres dansent sous les ténèbres.

Maintenant, je peux cacher mon corps, si je veux. Je peux fermer les yeux, si je veux.

Je suis réveillée par un ours, je crois, ou serait-ce un tremblement de terre ? Un truc qui balaye l'aurore, la rompt d'un coup sec. Juste avant, un bruit sourd – l'estomac plein, le sommeil lourd – et puis après : une menace imminente, deux ailes démesurées dans le ciel.

Un moteur. C'est ça, je m'aperçois que c'est un moteur, pas sur la route, qui est loin, mais bien plus près. Juste derrière la maison.

La peur m'assaille, la revoilà qui ressurgit soudain, un éclair plus vif que toute autre chose, une lumière diffuse qui me traverse. Je dois m'enfuir.

*

Je me rapproche de la maison à tire-d'aile ; je ne pèse presque plus rien, un seul saut et je peux parcourir des centaines de mètres, comme dans mes rêves ; l'excitation, la terreur, la même chose. Ma tête pivote de chaque côté, très vite – je vois tout. Toutes les feuilles des arbres, tous les arbres comme un corps de ballet, de concert, une foule chatoyante.

Je sais comment me poser discrètement, qu'on ne me voie pas, me rendre jusqu'à la route sans risquer d'être vue. Mais il y a un truc qui cloche. J'entends des voix appeler quelqu'un, au point du jour, ce jour nouveau à peine commencé où tout s'éclot. C'est trop tôt : bien trop tôt.

Non, je ne veux pas qu'ils me voient – pas dans cet état.

Une pensée qui me traverse l'esprit, un chuchotement tout bas, comme prononcé par une autre voix que la mienne.

*

Je ne peux pas m'arrêter là, il me faut atteindre la route. Je sens que mon dos, pesant, me ralentit. Mais mon cœur bat plus vite que jamais : plus de pouls, mais une sensation singulière, un bourdonnement, un cœur gonflé à bloc, prêt à vrombir.

J'ouvre la bouche, qu'en sorte quelque chose. Un cri aigu, mordant, un braillement déchirant. Je crie encore.

*

Le moteur, ça recommence – il tourne peut-être même plus vite que mon cœur. Je n'ai pas le temps d'aller au-delà, je n'ai que cet endroit, une église, une tour, des cloches qui retentissent fort. Des marches, accessibles, le moteur s'arrête au-dehors, les voix, toujours. Je les surplombe à présent, ma respiration se fait irrégulière, misère.

En haut, une porte, un écriteau, un avertissement. Je l'ouvre – et c'est le jour lui-même qui s'ouvre. Devant moi, le village, toute l'étendue du village, tel que je me le projette mentalement. Les rues, l'autoroute, les contours insidieux de la ville.

Tout est clair et limpide à mes yeux : comment je m'imaginais vivre. Les gens avec qui je passais mes journées.

Quelque part, au loin, il y a : sa maison. Ma maison. Paddy. Ted. Jake.

*

Des cris, plus bas, des bruits de pas. Plus près, plus près encore.

Là, j'enserre le rebord de la pierre.

Je me baisse un peu. Je rentre le menton, regarde alentour. Je me rapproche tout près du bord, et j'avance à l'orée du lointain, sans le quitter des yeux.

Mes yeux vers la lumière.

Et je prends mon envol.

REMERCIEMENTS

À toutes les femmes formidables qui ont jalonné le parcours de ce livre, qui m'ont soutenue et aidée à le façonner dans les moindres détails. À mon agente, Emma Paterson, et à mes éditrices, Charlie Greig, Sophie Jonathan, Katie Raissian et Elisabeth Schmitz. La « Team Harpy » – quelle chance incroyable d'avoir travaillé avec vous.

À Camilla Elworthy, Lucy Scholes, Paul Baggaley, John Mark Boling, Deb Seager, Morgan Entrekin, Lisa Baker, Lesley Thorne, Anna Watkins et toutes les équipes de Picador, Grove Atlantic et Aitken Alexander qui m'ont témoigné tant de confiance en tant qu'autrice.

À mes premières lectrices et amies adorées : Rebecca Sollom et Kaddy Benyon. Au roi des bâtisseurs (de cabanes), Nicholas Sabey. À mes parents, Penny et Ernie, pour leurs gentilles attentions et leurs encouragements de tous les instants.

Enfin, à mon mari et à mes enfants, qui ne figurent pas dans ce livre et qui pourtant m'ont aidée à l'écrire de bien des façons. Avec tout mon amour et ma gratitude : à Tim, Leo, Sylvie.

Ouvrage réalisé par Cursives à Paris

Cet ouvrage a été achevé d'imprimer
sur Roto-Page
par l'Imprimerie Floch à Mayenne
en mars 2021

N° d'impression : 98009
Imprimé en France